여행이 준
가장
큰 선물

잃어버린

꿈을
찾아서

잃어버린 꿈을 찾아서

초판인쇄	2023년 08월 23일
초판발행	2023년 08월 29일

지은이	김가득
발행인	조현수
펴낸곳	도서출판 더로드
마케팅	최관호 최문섭
IT 마케팅	조용재
교정교열	이승득
디자인 디렉터	오종국 Design CREO

ADD	경기도 파주시 초롱꽃로17 305동 205호
물류센터	경기도 파주시 산남동 693-1 1동
전화	031-942-5364, 031-942-5366
팩스	031-942-5368
이메일	provence70@naver.com
등록번호	제2015-000135호
등록	2015년 06월 18일

정가 17,800원
ISBN 979-11-6480-331-6 03810

여행이 준
가장
큰 선물

잃어버린

꿈을
찾아서

김가득 지음

도서
출판 더 로드
The Road Books

여행이 준
가장 큰 선물은 기억이다.
인생에서
가장 아름답고 행복한 시간
'화양연화' 는
여행 속에 있다.

당신의 선택, 맞아요

여행을 떠나기 전, 워홀과 세계 일주를 마치고 돌아온 내 모습을 상상해 보곤 했다. 호주에서는 내가 즐겁게 할 수 있는 일을 찾아 노력 끝에 능력을 인정받고 월급 1,000만 원을 받는 상상, 영어는 호주에서 이미 마스터하고 남미를 돌아다니며 스페인어까지도 구사할 수 있는 상상, 여행 중 멋있는 사람들을 만나 그들과 사업을 시작하는 상상, 여행하며 운명의 상대를 만나 두 손 잡고 같이 한국에 입국하는 상상.

상상 속 나라는 사람은 전 세계 마스터였을지도 모른다. 그 상상은 한국에서 처음 호주를 가는 비행기 속에서 끝나고 말았다. 패기는 넘치지만, 망상에 불과했고 알맹이가 없던 꼬맹이

일 뿐이었다. 저 중에 하나라도 이룬 게 없다니.

이제 와 그때를 생각해 보면 시간과 돈과 에너지를 모두 쏟아부은 것에 비해 실속이 없었다. 그럼 찜찜한 마음이 남을 법한데, 왠지 모르게 마음이 편안했고, 해야 할 숙제를 시원하게 끝마친 기분이다. 수능을 치르고 나온 수험생, 전역하고 버스를 기다리는 예비군이 이런 느낌이지 않을까 예상해 본다.

여행이 준 가장 큰 선물은 기억이다. 인생에서 가장 아름답고 행복한 시간 '화양연화' 는 여행 속에 있다. 아직까지도 화양연화는 여행 속에 머물러있지만, 그러한 순간을 또다시 마주하고자 살아가니 삶에 원동력이 된다. 추억을 곱씹으며 고난을 버텨나가고 또다시 찾아올 화양연화를 위해 오늘을 살아간다.

2023년 8월

지은이 **김가득**

Contents | **차례**

Part. 2
세계여행

Part. 3

여행이 남긴 경험

Part 01

호주 워킹홀리데이

01_ 실종된 꿈을 찾습니다

위기는 기회다

멋모를 때부터 유난히 성공에 대한 욕심이 많았다. 집안이 가난했다거나 특별한 이유가 있었던 것은 아니다. 성공을 구체화하지 않은 채 이유 모를 성공을 갈구했다. 하지만 특기도 없었고 그저 노는 게 좋았던 나였다.

관심사가 오직 운동이었어서 자연스럽게 체육 쪽에 눈을 돌리게 되었다. 세상 물정을 몰랐던 학생이 뭘 알았겠나. 13살 아이에게 탁구 코치는 단호하게 말했다.

"너 정도 하는 애들은 많아. 그리고 그 친구들은 적어도 너
보다 5년 전에 시작했지. 넌 선수로는 좀..."

어린 마음에 상처가 될 수 있던 말에도 속으로 다짐했다.

'그래, 선수는 못 해도 운동은 포기 못 해.'

그 작은 소망조차 욕심이었던걸까.
열아홉이 되던 겨울이었다. 학교 대항전의 축구시합에 선수로
출전했다. 승부욕에 불탄 학생들은 한 치의 양보도 없다는 듯
서로의 몸을 부딪혀 갔다. 과열된 경기가 진행되던 중 나는 수
비수를 제치고 골대 문 앞까지 왔다. 결정적인 순간, 비틀거리
며 불안정한 자세임에도 불구하고 있는 힘껏 슈팅을 했다.
그 순간 무릎에서 '뚝'. 허벅지와 종아리가 다른 방향으로 비틀
리며 동시에 망치로 무릎을 내려찍은 듯한 고통이 따라왔다.
처음 느껴보는 아픔에 뜰 수 없던 눈은 어둠 속으로 날 밀어 넣
었고, 기절 직전까지 몰아갔다. 어떻게 응급실에 도착했는지
기억나지 않는다.

"십자인대 파열입니다. 완전히 파열되어 인공 인대를 심어야 하고, 최소 1년간은... (중략) 더 운동을 했다가 최악의 경우엔 평생 휠체어를 타야 할 수도 있습니다."

믿기지 않던 의사의 진단에 말문이 막혔다.

'한두 달도 아니고 어떻게 운동을 1년 동안 못 해? 그럼 나 대학은? 앞으로 어떻게 살아야 하는데?'

통증은 문제가 아니었다. 운동은 내 삶에 열정을 느끼게 하고 미래를 꿈꾸게 하는 유일한 원동력이었다. 사망선고라도 받은 듯 삐-하는 귓가의 느낌과 대조되게 움직이는 의사 선생님의 입.

잃어버린 꿈에 이를 악물었고, 이 와중에도 자존심은 있어 눈물 한 방울 보이고 싶지 않아 눈 한번 깜빡이지 않았다.

진료실을 나와 엘리베이터 속 거울의 나와 마주했다. 다리에는 깁스를 한 채 휠체어에 앉아있었고, 머리에는 잔디가 엉망진창으로 묻어있었다. 시뻘건 얼굴은 툭 건드리면 터질 것 같은 폭탄 같았다.

그때 엄마의 손이 내 어깨에 조심스레 올라왔다. 울음을 참아내는 듯 떨림이 느껴졌던 그 손에 터질 듯 말 듯했던 눈물은 걷잡을 수 없는 오열을 불러왔다. 체대를 가겠다는 아이가 몸 관리 하나 제대로 못 해 이 지경이 됐으니... 네 자신이 불쌍했고, 억울했고, 한심했고, 분했다. 그렇게 한참을 서로를 부둥켜안고 울었다.

집에 돌아온 후, 그 어떠한 것도 하지 않았다. 깁스한 다리 때문에 엎드리지도 못해 엉거주춤한 자세로 하루를 보내야만 했다.

밖에 나가지 못한 지 한 달쯤 되자, 눈이 소복이 쌓인 겨울에 목발을 짚고 천천히 다니면 괜찮다는 엉뚱한 소리를 해서 엄마와 매일 다퉜다.

나가지 못하면 베개와 벽을 주먹으로 치며 화풀이를 했고, 결국 혼자서는 아무것도 하지 못한다는 걸 느꼈을 땐 흐느끼다 잠들었다.

시간이 얼마나 흘렀을까. 내 인생의 모토였던 '한 번뿐인 인생 멋있게, 하고 싶은 것 맘껏 하며 살자.' 라는 말이 뇌리를 스쳤다. 더 이상 시간을 허비할 수 없어 이 몸으로 할 수 있는 생산적인 것을 찾아봤다.

그러다 우연히 집에 빼곡히 쌓여있는 엄마 책을 봤고, 가끔 책에 대한 이야기를 해줄 때마다 '책에 대한 즐거움과 지혜' 를 전달하는 엄마의 표정이 인상 깊어 서점에 가봤다.

그 당시 나에게 가장 필요했던 것이 '자유 '였기 때문일까. 해외여행, 국내여행으로 구분되어 있어 해외여행 관련 책이 있는 쪽으로 향했다.

서점을 학원 교재 구입 외의 목적으로 온 적이 없어, 여행책이라면 당연히 여행 정보만 담겨있는 책일 줄 알았다. 하지만 막상 봐보니, 베스트셀러로 놓여 있는 책들 중에는 여행을 갔다와서 누구나 자신이 느끼고 경험했던 것들을 솔직, 담백하게 쓴 여행 에세이가 많았다. 프롤로그와 목차만 봐도 TV나 매체에서만 접했던 '꿈' 같은 이야기들이 적혀있었다. 평소라면 눈길도 안 주던 게 책인데...

'여행'이라는 한 단어를 두고 각자 다른 여행 루트와 생각들을 써 내려간 이야기들에 홀딱 빠져 오후 내내 서점을 빠져나올 수 없었다.

책을 다 읽은 후엔 이미 여행을 갔다 온 기분이었다. 꿈같은 이야기들 속에 내가 있는 상상을 하니 당장이라도 뛰쳐나가고 싶은 마음이 굴뚝같았다.

서점을 떠난 후, 머릿속에서 책의 여운이 첫사랑처럼 떠나지 않는 상황에서, 암담하고 피폐했던 삶을 벗어나 내가 이런 여행을 해본다면 온 세상을 다 가진 기분일 거라는 느낌.

다음 날 떠나기로 결심했고, 오직 '나'를 위한 삶을 향해 첫걸음을 디딜 마음을 먹었다.

02_ 얼렁뚱땅 출국하기

 # 출국 전 필요한 것은?

사실 워홀 중에 가장 비자 취득이 쉽고 간단한 곳이 호주다. 하지만 나에게는 해당되지 않는 이야기. 맨땅에 헤딩한다는 느낌은 분명 이 기분일 것이다.

첫 번째는 비행기 티켓을 사야 한다.
하지만 비행기를 타보지도, 주변에 조언을 구할 사람도 없었다. 티켓 가격은 35만 원으로 경유해서 가는 것이라 저렴했지만, 인터넷에서 여권번호나 철자 하나만 틀려도 안 된다고 하여 결제완료 시까지 수십 번 확인했었다.

오랜 시간을 보고 있어서 결제창이 초기화되기도 하고, 창을 하나하나 넘길 때마다 반신반의한 심정으로 진행했다. 드디어 결제완료 후 티켓을 구매했지만, 알고 보니 첫 티켓 구매는 시작부터 실패작이 되었다. 인천공항에서 타려고 했는데 자세히 보니 김해공항이었다.

두 번째는 워홀 비자를 얻어야 한다.

유튜브와 네이버를 뒤적거리며 호주 이민성 사이트를 찾았지만, 시작부터 숨이 턱 막혔다. 모든 내용이 영어로 되어있기 때문이다. 구글 번역기를 이용해 한 장 한 장 넘어갔지만, 가끔 번역이 잘못되었는지 입력 오류가 떴고, 그럴 때마다 노트북을 접었다.

결국 비자 하나 신청하는 데 한 달이 걸렸다. 비자 신청이나 이민성에서 일을 본다면 돈을 주고 에이전시를 이용하는 걸 추천한다. 그래야 정신건강에도 이롭다.

세 번째는 영어다.

　잃어버린 꿈을 찾아서

나에게 가장 어려운 부분이다. 영어 학원을 10년 동안 다녔지만, 영어 듣기 평가만 보면 남들 1, 2개 틀릴 때 혼자 10개씩 틀렸다.

우리나라 교육상 영어를 입 밖에 뱉는 일이 많지 않아, 당연히 구사할 수 있는 영어는 'hi', 'how are you', 'i'm fine thank you' 뿐이었다.

전화영어도 해보고 국제센터를 방문해 꾸준히 시도해 봤지만, 어림 반 푼어치도 없었다. 결국 외국인과 놀고먹고 함께 일하면 늘 것이라는 긍정적인 후기를 보고, 미래에 맡겼다. (부정적인 후기는 무시했다.)

마지막은 제일 중요한 돈이다. 총을 못 맞추면 맞출 때까지 쏠 수 있는 넉넉한 총알을 챙기면 된다. 그래서 20살이 되자마자 배달 박스 작업부터, 조개집 알바, 콜센터, 주차장 알바, 고깃집 알바 등 비는 시간엔 돈만 버는 것에 초점을 뒀다. 하지만 인생이 그렇듯 마음대로 되진 않았다. 결국 대부분의 돈을 다 썼다.

그래도 다행이라고 생각해야 할지 모르겠지만, 마음가짐은 긍정적이라 나쁘지 않았다. '어딜 가든 다 사람 사는 동네고, 돈이라도 있으면 어떻게든 살겠지.' 라고 생각했다. 그렇게 주머니엔 100만원 뿐이었다.

드디어 갈 준비를 모두 마치고 비행기를 탔다. 호주에 대해 내가 아는 것은 캥거루와 오페라하우스뿐. 도착하면 죽을 쑤든 밥을 하든 알아서 하겠지.

03_ 이럴 거면 호주에 왜 가?

한국인을 만나지 말자

경기도 다낭시라는 말을 들어봤는가? 시드니도 비슷하다. 무슨 말이냐 하면, 어딜 가든 한국인이 가득하고 한국인들을 위한 인프라가 구축되어 있다는 말이다. 이 말을 다른 말로 하면, 영어를 쓰지 않아도 이곳에선 충분히 살아갈 수 있다는 말이다.

리드컴, 스트라스필드 등 사진 속 장소인 타운홀을 제외하고도 시드니 안에 한인타운은 정말 많다

시드니의 집값은 비싸기로 전 세계 톱 10에 든다. 그래서 워홀

리드컴, 스트라스필드 등 사진 속 장소인 타운홀을 제외고도 시드니 안에 한인타운은 정말 많다.

러들은 대부분 침대 하나 또는 방 하나를 빌리는 셰어하우스에서 산다. 나 또한 집을 렌트할 여력이 되지 않아 셰어하우스를 알아보고 있었고, 외국인과 함께 살기 위해 검트리(호주 커뮤니티 사이트)와 페이스북을 뒤지기 시작했다.

인스펙션(호주에서 집들이를 칭하는 말)을 몇 번을 반복했는가. 드디어 마음에 드는 집을 찾았다. 남자 방, 여자 방 2개에 각 방마다 이층 침대가 있어 총 8명이 살 수 있는 집이었다. 그곳은 타운홀이라는 번화가에 있었고, 무엇보다 마음에 들었던 것은 브라질, 독일, 콜롬비아, 중국, 프랑스 등 다양한 국가의 친구들이 모여있는 점이었다.

다양한 국적의 외국인 친구들과 함께할 셰어하우스 생활은 이미 호주 워홀이 성공한 듯한 기분을 들게 했다. 들뜬 마음으로 입주를 했고, 입주자들과 인사를 했다. 만나보니 내가 처음으로 들어온 한국인이라며 반겼고, 어떻게든 나와 대화를 해보려 노력해 주는 모습이 고마웠다.

하지만 그것도 하루 이틀이었다. 그들이 무슨 말을 할 때마다 "what? pardon? sorry."를 입에 달고 살았고 번역기를 들이밀었다. 답답했는지 점차 대화가 이어지지 않았고 나 혼자 조금씩 멀어지고 있었다. 그러다 생긴 별명은 '예스맨'. 누가 봐도 못 알아들은 표정이지만, 항상 'yes'를 외쳐 그들이 만든 웃픈 별명이다.

온 지 겨우 일주일이 지났지만, 누군가와 속 시원하게 얘기해 본 적이 없었다. 외로움에 사무쳐 사실 도망가고 싶은 마음이 굴뚝같았다. 그러나 이미 친구들과 가족들에게 외국인들과 생활하며 멋있는 세상을 보고 영어도 할 수 있게 만들고 오겠다고 말한 적이 있었다. 이미 그들에게 내 목표를 얘기하며 큰소리쳤기에 패배자로 보이고 싶지 않아 이 악물고 버텼다.

하지만 구직활동에서 나는 무너지고 말았다. 집을 구한 후 일을 구하는 과정이었다. 오지잡(호주 사람이 사장)과 한인잡(한국인이 사장)이 있다. 나는 당연히 오지잡을 찾아 나섰다. 영어를 계속 쓰면서 외국인 동료들을 만나고 돈도 더 많이 벌 수 있기 때문이다. 그러나 열심히 이력서를 돌려도 답은 돌아오지 않았다. 직접 방문해 발품도 팔아봤지만, 자기소개 외 할 수 있는 말이 없어 뻘쭘하게 앉아있다 나오는 날이 허다했다.

매일 아침 출근해 만들던 도시락

외로움과 무력감에 지친 마음, 떨어진 자존감은 한인 쉐어하우스, 한인잡으로 나를 안내했다. 낯선 타지에서 한국인들과는 자연스레 친해졌다. 함께 밥을 먹었고, 시드니 여행도 다녔고, 내가 알지 못했던 정보들도 얻을 수 있었다.

스시 가게에서 일하며 돈도 벌고 요리도 배웠다. 아침 7시부터 오후 3시까지 일을 하고 나면 오후에는 다른 다양한 것들을 해볼 수 있었다. 한국이었다면 그렇지 않았을 나였다. 이곳에선 일이 끝나면 배를 탄다던지 바비큐를 한다던지 뭐든 하고싶은 걸 할 수 있었다. 그리고 친구가 또 다른 친구를 데려와 매일 밤 새로운 사람도 만나는 여행 같은 삶이었다. 워홀의 의미가 바로 이런 게 아닐까 생각했다. 그렇게 한 달간 몸도 마음도 모두

매일 아침 출근해서 만들던 도시락.

편했고, 매 순간 즐거운 추억으로 쌓여가고 있었다.

하지만 즐거움이 배가 될수록 서서히 가슴을 조여 오는 게 있었다. 내가 살고 있는 곳의 언어는 영어다. 그들은 영어로 대화하고 영어로 일을 하며 영어로 모든 것을 한다. 영어를 못 해 자신감을 상실하거나 소심해진 적이 한두 번이 아니었다. 일례로 스타벅스에 들어가 커피를 주문할 때, "카페라떼 그란데 사이즈 주세요. 샷 추가해 주시고, 시럽도 한 바퀴 둘러주세요."라는 말을 할 자신이 없어 그냥 카페라떼 레귤러 사이즈 달라고 했다. 혹시나 영어로 시도했다가 내 발음이 안 좋아 못 알아 들으면 돌아오는 질문이 부담스러워서였다.

나라는 사람은 책상에 앉아 가만히 앉아있는 것조차 힘들어하는 것을 알기 때문에, 불편하고 힘든 상황에 부딪혀야 영어를 극복할 수 있다는 걸 알고 있다. 매일 밤 편한 삶과 불편한 삶 사이에서 어떤 걸 택해야 할지 고민했다.

어느 날 밤, 누워서 생각했다.

'이렇게 사는 건 한국에서 사는 것과 달라진 게 없다.'

아무리 미래를 생각해 봐도 이대로 산다면 영어 한마디 못 할 거고, 책에서 본 다양한 경험들을 절대 못 겪을 것 같았다.

그날 밤 나는 변화를 시도하기로 결정했다. 더 이상 나 자신이 한심하게, 부끄러워하며 살고 싶지 않았다. 스스로를 피곤하게 만들어보자.
'한국인을 만나지 말자.'

04_ 5대륙 모두 모여!

새로운 것을 받아들일 준비

호주 워홀을 준비하며 상상했던 모습이 있었다. 외국인 친구들을 사귀고, 그들과 놀며 다양한 경험을 하고 영어실력도 키우는. 그것들의 시발점이 될 수 있는 어학원을 찾아갔다.

학원에서 수준 파악을 위한 시험을 봤다. 결과는 7개 클래스 중 6번째. 꼴찌라 해도 무방했다. 하지만 한 번도 영어로 말하는 공부를 해본 적이 없으니, 예상했던 결과였고 별로 대수롭지도 않았다. 교실을 배정받아 그곳으로 향했고, 떨리는 마음으로 문을 열었다.

문을 열자마자 내 눈앞에 웬 남미출신으로 보이는 젊은이들이 노래를 틀고 자기들끼리 춤을 추며 놀고 있었다. 순간 '이게 뭐지? 학원 맞아?' 당황해서 교실로 들어가질 못하자, 그 무리 중 한 명이 악수를 건네며 말을 걸어왔다.

"Hi, you join here?"

"yes, here' s pre-intermediate class?"

"yes, come on"

"what your name?"

"my name is~~"

들어가자마자 영어로 대화를 할 줄은 몰랐지만, 그도 나와 비슷한 수준이라 짧고 쉬운 영어 덕에 당황하지 않고 인사를 나눈 후 자리에 앉았다. 수업이 시작되자 한국에서 받았던 수업방식과는 많이 다른 것을 볼 수 있었다. 자리에 앉아 필기만 하며 입을 열 일이 없었던 한국에서의 공부가 아닌, 의자에서 일어나 주제를 가지고 토론을 하거나 게임을 하며 말을 많이 하는 공부였다.

잃어버린 꿈을 찾아서

다행히 나는 평소 새로운 사람과 대화하는 걸 꺼려하지 않은 성격이라, 금방 그 수업방식에 적응할 수 있었다. 또한 전에는 내 문법이 잘못됐거나 말이 이상하게 들릴까 봐 걱정이 많았는데, 이 교실 친구들은 나와 영어실력이 비슷하니 생각나는 대로 자신 있게 말을 할 수 있었다. 번역기를 사용하고 있어도 얌전히 기다려 줄 수 있는 사람들이었다.

그리고 시간이 어느 정도 흐르자 교실 친구들과 놀 때 다른 반 친구들도 소개를 받았고, 모두가 영어를 공부하고 있는 중이라 그런지, 서로에게 도움을 주고자 내 영어에 피드백을 주면 부담 없이 받아들일 수 있었다. 그 덕에 유창하진 않지만, 적어도 일상생활을 하며 함께 어울리는 데에는 문제없이 영어를 구사할 수 있게 됐다. 자연스레 호주 생활에 자신감도 올랐다.

하지만 어학원에서는 영어습득보다 더 값진 것들을 얻을 수 있었는데, 외국인 친구들과 함께 많은 시간을 보낼 수 있었다는 것이다. '외국에서 외국인 만나는 게 뭐가 어려워?'라고 말할 수 있겠지만, 대화가 통하는 한국에서도 한 달에 새로운 사람을 5명 이상 만나는 것은 쉽지 않았다.

이곳에선 같은 목적으로 하루 종일 시간을 함께 보낼 수 있는 사람들이 여러 대륙에서 온 사람들이다. 그들과의 시간이 즐거웠던 이유는 노는 방식, 가치관, 그들에게서 듣는 이야기 등 새로운 것들이 가득했다.

어학원이 아무래도 영어공부가 주목적인 것도 있지만, 다른 나라 사람들과 어울리면서 다양한 경험을 쌓는 것도 있기에, 모두가 학원 바깥 생활에도 충실했다.

평일에 어학원 수업이 끝나고 나면 항상 이곳저곳에서 모였다. 학원에서 파티를 열면 우르르 몰려가, 다음 날 수업이 있든 말든 문을 닫을 때까지 정신없이 놀았다. 없으면 우리끼리 삼삼오오 모여 달링하버에 있는 펍에 가곤 했다. 다들 학생이라 경제적 여유가 없는 사람도 있어, Happy hour(특정 시간에 술이나 음식을 저렴하게 판매하는 시간)에 맞춰 돈은 최소화, 재미는 극대화하는 가성비 좋은 놀거리를 즐겼다.

그리고 주말이 되면 꼭 해변이나 공원으로 가 바비큐를 했는데, 나라마다 바비큐 문화가 달라 다양한 음식과 방법을 볼 수 있어 그것도 또 하나의 재미이기도 했다.

무엇보다 '어학원 다니길 정말 잘했다.' 라고 생각하는 것이 있다. 나의 가치관을 변화시키며 '자신'을 위한 삶을 살 수 있게 해주었기 때문이다.

나는 이들을 만나기 전에는 감정과 생각을 드러내길 어려워했다. 혹시나 진실된 속마음을 말했다가 날 안 좋게 보진 않을까, 다른 사람을 기준으로 기분 나쁘지 않게 포장하려 애쓰곤 했다.

몇몇 친구들의 모습은 나를 변하게 만들었다. 원래의 나라면 다른 문화권의 사람들이니 다르게 받아들여 불쾌하게 느낄까봐, 더욱 조심하고 말을 아꼈을 것이다. 하지만 이들은 누가 자신을 어떻게 보든 말든 크게 신경 쓰지 않았다.
눈치가 빠른 건지 나와 비슷한 사람들을 자주 만났던 건지 모

르겠지만, 불편한 상황 속에서도 말을 아끼는 모습을 보고 친구가 말했다.

"너 지금 내가 무슨 생각하는지 알아? 모르지?"

"당연하지! 말을 안 했는데 네가 어떻게 알겠어. 너는 하고 싶은 말이 있으면 답답하게 혼자 생각하지 말고 말을 해야 해."

"말을 안 하면 결국 서로 오해가 쌓이고 관계가 끝나잖아. 네가 가끔은 진짜 답답해."

난 말을 아낀 게 그들을 위한 배려이자 내 보호막이라고 생각했다. 나만 참으면 누군가의 기분을 상하게 할 일이 없고, 꾸준히 관계를 유지할 수 있다고 지레짐작했다.

그 말을 들은 후 과거 또는 현재 이 교실에서의 상황을 되돌아봤다. 그들의 기분이 상하지 않았을지 몰라도, 결국 내 기분은 이미 뭉그러졌다. 그리고 스스로 멀어지며 도태가 된 사람도 나였다. 느낀 점은 분명했다. 내 인생의 중심은 '나 자신' 이어야 한다는 것. 내가 날 지켜야 무너지지 않고 나아갈 수 있으며, 조금은 이기적이어도 괜찮다는 것을.

05_ 남자에게도 이런 일이?

성추행을 당하다

내가 남자로 태어나서 그런지, 나에게 일어날 거라곤 상상도
못 했던 일이었다. 때는 어학원에서 영어공부가 끝나갈 무렵이
었다.

그 당시 매주 금요일이면 어학원 근처에서 열리는 라틴 파티에
가서 남미 아이들과 시간을 자주 보내곤 했다. 일주일 중 가장
기다리는 시간이기도 했는데, 지금껏 가봤던 파티 중 나와 가
장 잘 맞았고 그 순간은 오직 즐거움만이 나를 지배했다.

파티에 가자마자 데낄라 샷을 마시고 스테이지로 올라가 다 같이 몸을 노래에 맡긴다. 라틴 음악 중 가끔 아는 노래가 나오면 함께 노래도 부르고, 어깨동무하고 덩실덩실 춤도 추며 즐거운 시간을 보냈다.

밤 11시쯤, 그날도 어김없이 파티는 후끈 달아올랐고, 모두들 음악과 술에 취해 놀고 있었다. 유독 그날따라 사람이 많아 몸이 부딪히는 경우도 있었고, 가끔은 민망한 곳에 접촉하곤 했다. 나는 그저 '사람이 많아서'라고만 생각했고, 친구들과 함께 왔으니 별 대수롭지 않게 여겼다.

하지만 그저 무시할 수 있는 정도가 아니라는 것을 느꼈다. 시간이 지나면 지날수록 접촉이 잦아졌고, 스치는 걸 넘어서 그 이상을 시도하려 했다.(표현하는 것도 기분이 더러워서 못 하겠다.)

춤을 추는 척하며 곁눈질로 주위를 지켜봤는데, 이게 무슨...? 다른 사람도 아닌, 내 친구의 시도였다. 실수인 건가? 얘가 왜 나한테? 이게 무슨 상황이지? 처음 겪는 일인데 범인이 심지어

내 친구라니. 너무 당황해 어이가 없었고, 어떻게 해야 할지 몰랐다.

친구가 술에 취해서 사리분별을 못 하는 건가 싶어, 따로 말하진 않고 다른 친구 쪽으로 슬금슬금 옮겼다. 이미 이때부터 말도 안 되는 이 상황 때문에 내가 피하고 있다는 것 자체부터 최악이었지만, 혹시나 술에 취해 오늘만 실수한 걸지도 모른다는 생각에 꾹 참고 있었다.

하지만 그 친구는 결국 선을 넘었다. 술에 취한 건지 눈치가 없는 건지, 내 옆으로 와 자꾸 몸으로 날 밀었고, 그만하라고 한마디 하려던 찰나에 그가 먼저 말을 꺼냈다.

"우리 집에 가서 맥주 한잔할래?"

정말 유혹하려고 저런 눈으로 쳐다보는 건지, 눈을 반만 뜨고 평소와는 다른 느끼한 말투로 말을 뱉었다. 친구고 뭐고 그냥 정이 뚝 떨어졌다.

듣는 순간, 오늘부터 이 무리랑도 결국 '안녕'이라 마음먹었고, 참고 있던 화가 결국 터졌다. 노랫소리가 너무 커 내 말이 잘 들릴 수 있게 고막을 살짝 막고 소리를 질렀다.

"get the fxxk out of from me"

손가락 욕을 하며 귀에 대고 영어와 한국 욕을 섞어가며 한참을 퍼부으니, 그제야 속이 뻥 뚫렸고, 그 자리를 박차고 나올 수 있었다.

그 친구가 학교에서 만났을 때 미안하다고 사과했지만, 이미 꼴도 보기 싫어서 더 이상 그와의 연을 끊었다. 같은 무리였던 친구들도 결국 알면서 내버려 두었다는 방관자라는 생각과 혹시나 나를 일부러 놀려먹으려던 게 아닐까? 하는 생각에, 어학원이 끝날 때까지 단 한마디도 하지 않았다.

그렇게 베스트 프렌드에서 '워스트' 프렌드 사이가 되었다.

06_ 지옥문이 열렸습니다

어학원에서의 영어공부가 끝나자 다시 일할 곳을 찾아야 했고, 처음에 시도했던 오지잡(호주 사장 가게에서 하는 일)을 다시 도전하기로 마음먹었다.

외국인 친구들과 영어로 소통도 가능했고, 초밥 가게에서 일하는 동안 주방 일도 배웠으니, 주방이나 서빙을 찾아보기 시작했다. 그래서 또다시 이력서를 만들었고, 검트리(호주 통합 커뮤니티)를 통해 발품을 팔기 시작했다. 일만 시켜 준다면 어디든 가겠다는 심정으로, 한 시간이 넘는 거리까지 모두 돌렸다.

다행히 몇몇 군데에서 연락이 와서 면접을 보러 갔고, 그중 3군

데에서 '트라이얼을 해보지 않겠냐?' (호주에서는 2시간 정도 돈을 받지 않고 일을 해, 할 수 있는 사람인지 확인하는 방법) 하여 첫 트라이얼을 시작했다. 확정은 아니었지만, 면접은 통과했고 긍정적이라는 의미이니 나름 뿌듯했다. 그렇게 이탈리아 레스토랑을 시작으로 펍, 카페에서 2시간씩 일을 해보았다.

하지만 내가 간과했던 부분이 있었다. 내가 영어로 소통할 수 있었던 사람들은 영어가 모국어가 아닌, 함께 언어를 습득해 가고 있던 사람들이었다.

레스토랑에서 손님이 "땅콩 알레르기가 있으니 빼주고, 맥주에 위스키 샷을 추가해 주세요. 아, 와인은 무슨 와인들이 있나요?"라고 했을 때, 그리고 카페에서 손님이 "샷 추가, 헤이즐넛 둘러주고, 설탕도 넣어주세요. 우유는 뭐죠?"라고 했을 때 나는 대답할 수가 없었다.

하필 테이크아웃이 많아 빨리 커피를 뽑아야 하는데, 응대나 손이 느려 기다리는 손님들을 볼 때마다 조바심이 났다.

현지인들과 대화를 해보니 말도 빠르고, 억양도 다르고, 슬랭도 많아(외래어 같은 변형된 말들) 그들의 말을 제대로 알아들을 수 없었다. 결국 당황해 직원들에게 도움을 요청했고, 도움을 구할수록 자신감은 또다시 뚝뚝 떨어졌다. 결국 3군데 모두 불합격. 그렇게 무직 상태로 3주가 흘렀다.

원점으로 돌아오고 나서 다시 한인 잡을 구해야 하나 생각했지만, 그렇게 되면 같은 굴레로 워홀이 금방 지나갈 것 같았다. 그렇게 매일매일을 고민하고 힘들어하는 시간이 계속됐다. 그러던 중 함께 살고 있던 친구가 한 가지 방법을 추천해 주었다.

"네가 외국인도 계속 만나면서 돈도 벌고 심지어 세컨비자까지 취득할 수 있는 방법이 있긴 해. 내가 추천해 줄 수는 있어. 하지만 사실 난 그렇게 추천하고 싶지는 않아. 네 몸이 망가질 수도 있거든."

그곳은 바로 농장이었다. 세컨비자를 취득하기 위해서는 88일간 농장에서 일을 해야 하는데, 마침 나 또한 호주에서 좀 더 오

래 머물고 싶다는 생각에 솔깃했다.

농장에는 동남아, 일본, 유럽 친구들이 많다 하였고, 나름 일이 끝나면 재밌게 생활할 수도 있다고 했다. 또한 일하는 양만큼 돈을 버는 '능력제'이기에 몸 쓰는 거라면 자신이 있었고, 특히 많이 벌 땐 한 주에 1,500~2,000 불 가까이 벌 수 있다는 말에 '이게 일석 몇 조야. 한번 해보자!' 라고 생각했다.

반면에 친구는 방법을 제시하고 나서 괜히 얘기했나 하며 안 가는 게 좋을 거라며 걱정을 했다. 하지만 이미 많은 잡생각들이 날 혼란스럽게 만들었고, 한 번에 해결할 수 있는 기회를 놓치고 싶지 않아 망설이지 않고 결정했다.

인터넷에 '한국인이 한국인을 등쳐먹는 곳'이라는 후기도 있었지만, 친구가 일하면서 만났던 슈퍼바이저는 사람이 괜찮다는 말에, 바로 컨택해 확정을 받아내고 비행기 티켓을 구입해 번다버그로 향했다.

그렇게 농장에서의 첫날이 지나갔고, 그날 밤 늦게 친구에게 전화를 했다.

"이곳 별명이 돈 못 번다버그라고 하네. 네 말 들을 걸 그랬다."

외노자

나는 이삿짐센터, 페인트 청소, 설거지, 공장 등 몸 쓰는 일은 많이 해봐 익숙하다. 농장 일을 결정했을 때, 추천해 준 친구 외에도 주변인들이 "농장 일은 네가 생각하는 거랑은 완전히 달라. 진짜 말도 안 되게 힘들고 몸도 상해. 조심해." 하며 걱정해 주었다.

내가 원양어선을 타는 것도 아닌데 왜들 이러는지 이해하지 못한 채, 농장에서의 첫날이 시작됐다. 새벽 4시에 일어나 도시락을 싸고 일할 준비를 마친 후 차를 타고 이동했다. 그때만 해도 끝이 보이지 않는 농장이 신기했고, 터덜터덜 달리는 차 안에서 같이 일하는 사람들이 관심 있는 시선으로 나에게 얘기하는 모습이 나름 괜찮아 보였다.

시원한 바람을 맞으며 일출도 매일 볼 수 있어 왠지 건강한 삶을 시작하는 기분이었다. 일을 시작하기 전에 다 같이 모여 각자 일해야 하는 로(작물을 심어놓은 줄)를 정했고, 오늘도 힘차게 해보자며 파이팅을 외쳤다.

일은 이러했다. 한 로에 두 명씩 양쪽으로 들어가 경쟁을 한다. 누군가가 빠르게 따버리면 반대편에 있는 사람이 딸 것이 없어 돈을 벌 수 없다. 노동자들의 능력을 더 끌어올리기 위한 농장의 운영방법이다.

단, 아무거나 따면 상품성이 떨어져 슈퍼바이저가 정해놓은 조건에 맞는 열매를 따야 한다. 만약 상품성이 떨어지거나 상태가 안 좋으면 발로 차버리는 경우도 많다. 그런 경우 많이 딸지라도 돈을 받지 못한다. 또한 작물들이 잘 자랄 수 있도록 잡초나 썩은 열매들은 폐기시켜야 한다.

작물마다 다르지만, 상품성이 좋은 열매를 작은 쓰레기통만 한 크기의 바켓에 채울 경우 1.8~2.5 불 정도 받는다.(농장마다 다름)

일이 시작되는 순간 전쟁이 따로 없다. 100퍼센트 능력제라 한 개도 못 따면, 그날 수입은 0원이다. 그렇기에 다들 돈을 벌기 위해 몸에 무리가 가더라도 일을 한다. 하다 보면 별의별 수법도 볼 수 있다.

바켓은 두 개 이상 허리에 찰 수 없는데, 가끔 바켓이 부족해 3, 4개까지 들고 있다. 그럼 누군가 바켓을 찾다가 없어 달라고 싸우는 경우도 있다. 또는 바켓을 다 채우면 자신에게 부여된 번호의 꼬챙이 같은 걸 꽂아 차가 다니는 길에 둔다. 그럼 누군가 그걸 몰래 바꿔치기해 돈을 빼앗는 경우도 있다.

작물에 달린 열매가 내 눈높이에만 있어도 할 만한데, 대부분 열매들이 땅 까까이에 달려있다. 그럼 머리가 땅에 닿을 정도로 허리를 숙인 채 일을 해야 하고, 바켓은 쌓이면 쌓일수록 무거워진다.

평소에도 무거운데, 가끔 열매가 없어 바켓을 채우지 못해 계속 달고 다니다 보면 누가 등을 접어버리는 느낌에 손이 절로 무릎을 짚는다. 몸 쓰는 일로 호주 농장은 최고봉 중 하나인 것은 분명했다.(내 경험 안에서)

쉬는 시간은 하루 종일 다 합쳐봐야 30분. 보통 오후 4~5시에 끝나지만 가끔은 일이 급하다며 저녁 7~8시까지 하기도 한다. 첫날 아침 5시에 나와 저녁 9시까지 일한 후 번 돈은 80불, 68,000원 정도였다.

시급이 높은 이 나라에서 한국에서 버는 것보다 못 벌 수도 있다는 걸 알았을 때, 도망갔어야 했는데... 비행기 티켓, 집 보증금, 2주 치 집세, 작업복, 음식, 침구류 등 약 100만 원 정도를 이미 투자했기에 포기할 수 없었다.

무엇보다 통장에는 돈을 다 빼쓰고 남은 돈이 달랑 80센트, 500원뿐이어서 2주 후에 받을 급여를 기다리며 온몸을 갈아 넣어 일할 시간만 남아 있었다.

다른 방법은 보이지 않았다. 내 몸이 상하든 말든 어떻게든, 돈을 벌어야 했고 적응해야만 했다. 오직 '돈' 만 보고 사는 삶은 처음이었지만, 다른 방법이 없어 정말 미친 듯이 일만 했다.

인간이 '적응의 동물' 이라는 말을 여기에서 이해했다. 2주가 지나니 아침에 일어날 때마다 느껴지는 근육통이 점차 줄었고, 주급도 입금돼 통장에 800불이 찍히니 드디어 숨통이 조금 트였다. 사람이 죽으라는 법은 없다는 듯이 점차 웃음도 찾았고 삶의 여유도 느낄 수 있었다. 기상과 동시에 일, 취침까지 모든 걸 함께하는 사람들과의 시간이 유일한 낙이었다.

출근하면 일하는 동안 같은 로에서 일하며 오늘 퇴근 후 뭐를 할지 얘기한다. 다들 술을 좋아해 오후 3시부터 파티를 시작한다. 다들 돈을 아끼자며 가장 저렴한 'XXXX GOLD' 맥주나 박스 와인을 사 와 진탕 마신다. 그러면서 노래도 부르고 술 게임도 하며 데시벨이 높아져 다른 집으로도 소리가 흘러간다.

다행히 근처엔 같이 일하는 사람들이 살아서 시끄럽다고 항의

하지 않는다. 옆집에 사는 대만, 일본, 스페인 친구들도 저녁이면 그 나라 고유의 음식들을 하나 둘 가져와 매일 밤을 왁자지껄하게 보낸다.

특히 호주 시골은 조금만 떨어져 살아도 마트를 가기 위해선 최소 30분에서 한 시간을 걸어야 한다. 그래서 일주일에 한 번 정도 다 같이 차를 타고 마트에 가서 일주일 치 식량을 구입한다. 평소 꾸밀 일이 없는 남자들은 이날만큼은 나름 깨끗한 셔츠도 입고, 여자들은 예쁘게 화장을 하고 마트에 가기 전에 잠시 힐링하는 시간을 갖는다.

가끔은 알아들을 수 없는 영화를 상영하는 영화관을 가기도 하고, Night Market이 열리면 그곳에 가서 소소하지만 작은 추억들을 하나씩 쌓는다.

또한 시골이라 그런지 자연이 주는 따사로움은 몸을 나른하게 만든다. 한국에선 결코 볼 수 없던 하늘을 이곳에선 구름이 굉장히 낮게 떠 있는 모습 등 다양한 하늘을 볼 수 있다.

화창한 날이면 풍경에 홀려 산책을 나간다. 한참을 걷다 보면 해가 떨어지는 순간 빨간색과 주황색이 섞여 불타는 듯한 노을이 눈앞에 펼쳐진다.

사람도, 건물도 많지 않은 호주 시골의 벤치에 누워 서늘한 바람과 함께 자연을 구경하며, 그간 느낀 소소한 감정들을 기억하고 되새기곤 했다.

07_ 다시는 돌아가고 싶지 않은 순간

해외에서 교통사고가 나면?

"드르르륵… 쾅!"

평소와 같이 애호박 농장에 들렀다가 토마토 농장으로 넘어가던 길이었다. 우리가 탄 차는 항상 불안했다. 딱 봐도 꽤 오래됐고 항상 자잘한 문제들이 있었지만, 어찌어찌 굴러는 가서 그런지 정비를 하지 않았다.

가끔 엔진의 문제로 차가 덜덜덜 떨리거나, 타이어 전체가 이미 마모가 돼 도로에서 살짝 미끄러지는 경우가 있었다. 하지만 그 차의 운전자나 동승자들 모두 차에 대해 무지한 사람들이라 안일하게 넘어갔다.

그렇게 언제 터질지 모르던 시한폭탄은 세컨 비자 취득 6일 전에 기어이 터지고 말았다. 사고 당일 차가 달리고 있던 도로는 비포장도로였다. 바람이 불어 모래가 휘날렸고, 울퉁불퉁한 도로를 달리며 불안정한 운전이 계속됐지만, 난 피곤한 탓에 꾸벅꾸벅 졸고 있었다.

토마토 농장에 거의 도착할 때쯤이었는데, 갑자기 운전자가 소리를 질렀다.

"야야야야! 속도가 안 줄어!!!!"

격양되고 공포에 질린 듯한 목소리에 깜짝 놀라 잠에서 깼다. 고개를 든 순간, 앞차와의 간격은 단 3미터, 부딪히기 직전이었다. '설마 부딪히겠어!' 와 '이 속도로 진짜 부딪힌다고?' 가 동시에 들자마자 "쾅!"

온몸이 앞으로 튕겨져 나갔다가 안전벨트 덕에 다시 제자리로 돌아왔지만, 머리가 앞, 뒤 시트에 강하게 부딪혔다. 벨트가 가슴을 강하게 압박하면서 숨쉬기가 어려웠고, 머리는 빙글빙글 도는 느낌이 들며 희미하게 정신을 잃었다. 다시금 정신을 부여잡고 나서 벨트를 풀고 차에서 기어 나오니 현장은 아수라장.

부상자들이 차에서 기어 나와 토하고 울며 주저앉았다. 마침 지나가던 동료들이 이 상황을 목격한 후 내려서 매니저에게 연락했고, 그가 와서 대처해 주기를 기다렸다.

30분쯤 지나서 매니저가 도착했다. 그는 부상을 입은 우리보다 먼저 차의 상태를 살펴보았다. 우리는 모두 벙쪄 '저 사람 뭐 하는 거지?' 싶었지만, 의지할 사람이 매니저뿐이니 그가 우리에게 오기를 마냥 기다릴 수밖에 없었다.

하지만 그는 차 상태를 보더니 노발대발하며 사고를 낸 운전자에게 향했다. 운전자를 윽박지르며 차값은 어쩔 것이냐는 등 화를 냈다. 그 후의 대화는 어이가 없어서 귀에 들어오지도 않았다.

그렇게 30분이 흐른 후 그제야 우리에게 와 "괜찮냐?". 걱정이나 위로의 말이 아닌, 그저 형식적인 말뿐이었다. 그러고 나서 매니저 차에 탄 우리는 병원이나 경찰서를 들르지 않고 집으로 갔다.

다들 방에서 골골대다 저녁을 먹으러 거실에 모이니, 냉랭한 분위기 속에서 침묵을 깨는 그의 한마디.

"내일 일 할래, 말래?"

안 그래도 농장에 일손이 부족한데, 우리까지 빠지면 어떻게 되는지 우리가 인지하고 있다는 것을 알고 물어본 질문이었다.

두 대의 차 모두 매니저의 차였기에 그의 심정 또한 불편하고 쓰리겠지만, 오늘 그 박살 난 현장을 보고도 이러한 그의 대처에 경악을 금치 못했다. 지금껏 3개월간 한 집에서 생활하며 일거수일투족을 공유했고, 일이 힘든 만큼 서로에게 의지하며, 매니저라기보다는 믿음직하고 좋은 형이라고 생각했던 사람이

다. 그렇게 의지하고 좋아했던 사람의 '진짜 모습'을 보니 더 이상 대화를 하고 싶지 않았다.

"당신 가족이 이렇게 교통사고가 나도 그 따위로 할 수 있겠냐!"는 말이 목 끝까지 올라왔지만, 그러는 순간부턴 혼자가 되는 것뿐만 아니라 아무 데도 갈 수 없는, 고립되는 상황이 상상되자 다시 꾹 삼켰다..

아니, 사실은 그 상황이 무서웠다.

한국인이 한국인 등쳐먹는 곳?

결국 사고 다음 날 전원 출근했다. 교통사고 소식을 듣거나 현장을 목격한 동료들은 다들 몰려와 괜찮냐며 걱정해 주는 반면, 슈퍼바이저들은 입이라도 맞춘 듯 어떠한 말도 언급하지 않았고, 무시하기 위해 애쓰듯 분주히 움직였다.
그중 평소에도 밉상이었던 한 슈퍼바이저는 "그 정도면 여긴 다 일해. 생색내지 말고 얼른 모여."라고 웃으면서 말했지만,

그날따라 그의 노란 머리에 지저분한 옷이 그렇게 더 꼴 보기 싫을 수 없었다. 하여간 밉상...

일이 시작됐고 한 시간쯤 지나가니 부상자들의 일 속도가 급격히 떨어졌다. 목, 허리, 무릎 등 온몸을 짚으며 고통을 호소했고, 누군가는 식은땀도 흘렸다. 하지만 또다시 밉상 슈퍼바이저는 "그딴 식으로 할 거면 나가!" 하며 소리를 질렀다.

뻔히 비자 때문에 일해야 하는 거 알면서 뱉는 억박이었다. 누가 시켜서 저렇게 말하는 건지, 아니면 인간이 아닌 건지 싶었다.

'더했다간 진짜 몸이 상할 수도 있겠구나' 라는 생각이 들었고, 교통사고 후유증이 무섭다는 말에 포기하기로 마음먹었다.

퇴근 후 담당 슈퍼바이저를 찾아가 "비자 취득까지 5일밖에 안 남았는데 더 이상 일을 할 수가 없다. 어떻게 좀 도와줄 수 없냐?" 했더니 돌아온 대답은 역시 "노"였다.

"그건 너만 특혜를 달라는 것이기 때문에 안 된다."고 하여 깔끔히 마음을 접었다. 이젠 만정이 다 떨어져서 이곳을 하루빨리 탈출하고 싶었지만, 불행히도 그럴 수가 없었다.

즐겁게 잡았던 일정이 내 발목을 잡았다. 농장 일이 끝나면 고생했다는 의미로 스스로에게 상을 주고자 발리행 티켓을 끊어놨다. 하지만 사고 2일 전 예약이었고, 여유 있게 2주 후에 티켓을 예약하는 바람에 당장 떠나고 싶어도 그럴 수 없었다. 집세마저 이미 그 날짜까지 지불해 여길 떠나면 슈퍼바이저만 좋은 꼴이었다. 결국 갈 곳 잃은 백수가 되었다.

인류애가 사라지다

그렇게 사고가 난 지 3일째가 됐다.

비자도 포기했고, 몸도 상했고, 돈도 돈대로 썼기에, 우린 그에 대한 보상을 받기 위해 변호사를 고용했다. 변호사는 우선 몸 상태를 알아야 하니 병원에서 진료를 받으라고 했다.

'아직 병원도 안 갔었네.' 번다버그에서 가장 큰 병원을 찾아갔지만, 악재가 더한 악재를 부른 것인지... 우리를 완전히 밑바닥으로 끌어내린 병원이었다.

오후 1시쯤 응급실로 향했다. 진료를 예약하고 하염없이 기다리기 시작했다. 3시간, 4시간이 지나고 나서 아무리 외국이어도 이건 아니다 싶어 변호사에게 물었지만, 호주는 그런 경우가 허다하니 조금만 더 기다려 보라는 말뿐이었다. 이상하다 싶어 직원에게 물어보면 그들 또한 하염없이 기다리라는 말뿐이라 끝 없는 기다림이 시작됐다.

하지만 6시간이 지난 오후 7시, 그제야 무언가 잘못되었음을 느꼈다. 우리보다 한참 늦게 온 사람들은 이미 진료를 받고 돌아갔는데, 우린 그때까지 단 한 명도 진료를 받지 못했다.

"우리는 이미 6시간이나 기다렸어, 우리보다 늦게 온 사람들도 다 진료받고 가는데, 우리는 언제 진료받아?"

간호사는 관심이 없다는 듯 "당신들만 아픈 거 아니에요, 기다리세요."라고 말할 뿐이었다. 변호사한테 전화를 하니 대신 말해보겠다며 바꿔달라고 했지만, 통화를 거부하며 우리를 완전히 무시했다.

하지만 우리에겐 이곳 말곤 다른 선택지가 없었고, 무조건 여기에서 진료를 받아야 했다. 결국 이미 기다린 시간이 아까워 저녁도 먹지 못한 채, 새벽 2시까지 기다리니 그제야 진료를 받을 수 있었다.

진료를 받으면서 "어디 어디 아팠고 사고는 이렇게 났다."라고 설명하니 "알겠다."고 하면서 진단서만 끊어주고 나가라고 하는 것이었다. 이걸 위해 13시간을 아픈 허리를 부여잡고 기다렸다니... 서러워서 눈물이 터질 것 같았지만, 우는 모습을 저들에게 보이면 지금껏 열변을 토하며 버텨온 우리가 지는 기분이라 끝까지 참았다.

시골에 살다 보니 가끔 인종차별이 있었다. 꼬맹이들이 자전거

를 타고 지나가거나 젊은 사람들이 차를 타고 지나가면서 "fucking asian"이라고 외치며 중지를 들이미는 경우도 있었다.

바나나를 먹고 있을 때 "yellow mokey"라고 말하는 걸 듣고 나서, 나는 지금까지 해외에 나갈 경우 밖에서는 바나나를 먹지 않는다.

하지만 이 정도는 해외에 나와 감수할 수 있는 것이었지만, 이렇게 병원에서 아픈 사람을 상대로 무시를 하며 인종차별을 하는 경우는 처음이었다. 처음엔 '아니겠지. 뭐 이유가 다 있겠지.' 하며 어떻게든 좋게 생각해 봤다.

하지만 그 응급실에 아시아인은 우리 외에 아무도 없었고, 먼저 자국민들을 진료해 주고 나서 우리 차례가 왔을 때 인종차별이었다는 사실을 알았다.
꼭 이곳에서 진료를 받아야 하는 '을'의 입장, 이방인에 대한 차별에 지금껏 호주에서 펼치고자 불탔던 열정은 훅 꺼져버렸다.

그 후 우린 모든 상황에 예민해졌다. 서로 의지해도 모자랄 판국에, 별로 다치지도 않았는데 왜 일을 크게 만들었냐며 완전히 사이가 틀어지고 말았다.

결국 난 같이 살며 일하던 사람들 모두와 싸워 혼자가 되었고, 차도 없어 집에서 시내까지 1시간 거리라 마트도 가지 못한 채 방에 틀어박혀 1주일을 다시 버텼다. 나에게 그들은 '농장 라이프'의 동반자였는데, 등을 지고 나니 이곳에 남는 것은 아무것도 없었다.

좋았던 기억들은 묻혔고, 질릴 대로 질려버려 그곳도, 그 사람들도 다시는 보고 싶지 않았다. 그곳을 떠날 때, 택시에 타고 밖을 보니 아무도 배웅을 나오지 않았다.

08_ 피가 다른 가족

서로를 집사람이라 불러요

두 달마다 새로운 것에 적응해야 했던 삶에 지쳐, 이젠 일이든 집이든 한국으로 돌아갈 때까지 한 곳에만 머물고 싶었다.

호주에 처음 왔을 때만큼 열정과 패기는 없었지만, 자연스레 물 흐르듯 흘러가는 생활이 나름 마음에 들었다. 다행히 6개월의 시간이 날 성장시켰나 보다.

호주인 사장이 운영하는 펍에 들어가 시급도 전보다 많이 받고 세금도 내며, 안정적으로 워홀을 마무리할 수 있었다. 일자리

찾는 것이 해결됐으니 다음은 살 집을 구해야 했다. 외국인이 살던, 한국인이 살던 어디든 상관없이 인스펙션(*입주할 집을 찾는다는 말)을 시작했다.

지금껏 환경이 다른 여러 집에서 살아봐서 그런지 (무엇만 보고도) 집의 분위기를 얼추 예상할 수 있었다. 워홀 비자가 끝날 때까지 살 집을 구해야 했으니 내 마음에 딱 맞는 곳을 찾아야 했다. 따사로운 날씨와 뻥 뚫린 하늘이 어느 집이든 오케이 할 듯한 기분을 만들었다. 3곳의 집을 봤지만 아쉽게도 마음에 들지 않았고, 마지막 인스펙션을 향해 도심 한가운데로 향했다. 그곳엔 한인들만 거주하고 있는 집들이 있었다.

한인 호스트가 날 맞이해 주었고, 그녀의 안내로 집을 구경했다. 그녀는 집이 좋은 상태는 아니지만, 사는 사람들이 즐겁게 생활하고 있다는 것을 말해줬다. 누가 무슨 일을 하고, 다들 얼마나 살았으며, 어떻게 어울리고 생활하는지 설명했다.

"우리 집에 있는 분들은 20대 중반부터 30대 중반까지 연령층이 좀 다양해요."

"그럼, 제가 들어가면 막내겠네요?"

"그렇죠! 우리 막내가 아쉬워하겠네요~~ 아, 그리고 저녁 파티를 자주 여는데, 다들 직업이 셰프라서 음식 맛이 기가 막혀요!"

"집이 좁은데 7명이 파티를 할 수 있나요?"

"그건 가득씨 매트리스를 접으면 공간 확보가 가능해요!"

.

.

.

....?

그녀가 당연하다는 듯이 말해서 조금 당황스러웠지만, 기분이 나쁘지는 않았다. 장난과 진심이 섞여 있는 말이었지만, 그 속에는 내가 마음에 든다는 것이 느껴졌다.

더 이상 집을 보러 다니는 것에도 조금 지쳤고, 여기서는 마음 편히 행복하게 워홀을 마무리할 수 있을 것 같아 입주하기 결정했다. 그녀는 내가 결정을 내리자마자 "지금 안 바쁘시죠? 이제부터 우리는 한 가족이니까 가족들 보러 가지 않을래요? 근처에서 술 마시고 있어요."

뭐가 이리 빠른지. 결정과 동시에 그들을 만나러 한인타운으로 향했다. 평소 한인타운을 자주 안 가봤지만, 그곳은 처음 보는 술집이었다.

들어가니 우리 호스트와 술집 매니저가 반갑게 인사를 한다. 입주하기로 한 집에서 살고 있는 사람이었다. 나를 보더니 이번에 새로 들어오게 된 사람이냐며 "어린 친구가 들어오네. 드디어 연령층이 좀 낮아지겠어~~" 하며 반갑게 맞이해 준다.

시끌벅적한 손님들 속에서 5~6명 정도 돼 보이는 사람들이 구

석에 자리 잡고 우릴 빤히 쳐다봤다. 함께 살 사람들이라는 걸 직감했다. 메뉴는 돼지 김치찌개 하나와 소주 7병. 이미 술을 좀 마셔서 그런지 스스럼없이 나에게 말을 걸기 시작했다.

"몇 살이에요?"

"한참 동생이네. 말 편하게 할까요?"

"호주에 뭐 하러 왔어요? 무슨 일 해봤어요?"

"우리 집 보니까 어때요? 호주에서 얼마나 살았고, 앞으로 얼마 동안 우리 집에서 지낼 거예요?"

"좋아하는 음식이 뭐예요? 운동 좋아해요?"

다수가 한 번에 물어보니 정신이 혼미해져 나도 취해야겠다고 생각해 술 한잔 달라고 했다. 소주를 연달아 3잔을 마시니 재밌는 친구가 왔다며 좋아했다.

"앞으로 4개월 정도 살다가 비자 기간이 끝나면 한국으로 돌아갈 생각이에요. 잠깐 지내다가 다시 세계일주 여행을 떠날 겁니다. 그리고 마치면 여행에세이집을 내는 게 꿈이에요. 음식은 가리지 않고요. 공을 가지고 하는 운동은 다 좋아합니다."

새롭게 가족이 된 사람들은 피식 웃거나 가볍게 흘려듣지 않고 모두가 내 말에 귀 기울여 주면서 멋있다고 치켜세워 주며 응원한다고 했다. 오랜만에 들어보는 칭찬에 낯간지러웠지만 금세 마음이 열렸고, 첫날부터 그들과 좀 더 가까워질 수 있었다.

마켓 거리에 있는 우리 집은 남자방, 여자방으로 구분된 방 2개, 그리고 작은 거실을 파티션으로 분리해 매트리스 두 개를 넣을 수 있는 공간과 다 같이 밥을 먹을 수 있는 식탁이 있는 구조였다.

총구성원은 여자방에 3명, 남자방에 3명, 거실 셰어 2명까지 총 8명이었고, 작은 집에서 북적거리며 살았다.

나만의 구역은 오직 작은 매트리스 하나, 작은 선반 하나로 딱 잠만 잘 수 있는 공간이었다.

프라이버시도 당연히 없었다. 사람들과는 커튼으로 분리되어 있는데, 커튼과 바닥 사이로 사람들이 걸어다니는 발을 볼 수 있고, 커튼을 열면 주방에서 요리하는 모습을 볼 수 있다. 하지만 그런 삶이 불편하거나 힘들지는 않았다. 그 이유는 아마 구성원들이 정말 가족이라는 생각으로 서로를 대하니 그러지 않았을까 싶다.

일을 쉬는 사람이 있으면 당번을 정한 것도 아닌데, 엄마의 마음으로 정성껏 아침밥을 해주었고, 숙취에 골골대고 있으면 한식으로 해장국을 만들어 주기도 했다. 그리고 다들 일 마치고 귀가할 때는 가게에서 남은 음식들을 싸와 매일 밤 파티를 열었다.

알코올 없인 살 수 없던 사람들이라 거의 하루도 빠짐없이 술과 함께 밤을 보냈다. 덕분에 외롭지 않았고, 하루하루가 시끌벅적하니 즐겁게 흘러갔다.

가족이라 생각했던 이유가 그저 재밌게 놀아서만은 아니다. 누군가 몸이 아프다고 하면 건강식은 물론 약을 준비해 주었고, 없으면 어디선가 사 와서라도 아프지 말라고 호통치며 먹으라고 했다. 그리고 힘든 일이 있으면 아무리 피곤하더라도 술 한 잔하며 같이 해결 방안을 모색하기도 했다.

생일, 핼러윈, 크리스마스, 새해 등 모든 이벤트들은 무조건 이들과 함께해야 한다는 생각이 자연스레 머릿속에 입력됐고, 난 그걸 즐겁게 생각했다.

살면서 누군가에게 가족, 식구라고 표현할 일이 얼마나 있겠나.

하반기를 되돌아보면 그 어떠한 것보다 이들과의 시간이 우선적으로 떠올랐고, 생각할수록 마음이 따뜻해지며 언제 또 그런 감정과 편안함을 생판 모르는 사람들에게 느낄 수 있을지 모르겠다.

나를 따뜻하게 받아들여 줬던 그들에게 마음으로 안부를 전한다.

09_ 끝자락의 결말은?

잠시 눈을 감고 귀를 막아, 나를 위해

보편적으로 그려지는 삶

수능 – 대학 – 군대 – 졸업 – 취업 준비 – 취직 – 결혼

순로조운 인생 같지 않나요?

나 또한 다르지 않았다. 성인이 되기 전까진 이 틀을 벗어나면 패배자가 될 것 같은 느낌. 그 외의 미래는 그려본 적도 없는데, 아마 당연했을 수도 있다. 부모님을 포함해 친척, 사촌, 심지어 친구들 부모님까지 모두 회사생활을 하였고, 보편적인 삶의 틀

을 벗어난 사람을 못 봤으니 말이다.

적잖은 부담감을 안고 호주에 입국했었다. 친구들은 다 대학교에 들어가 공부하고 있었고, 미래를 100프로 정한 후 그것을 향해 가면서 벽에 부딪힐 수도 있겠지만, 적어도 목표점은 있어 보였다. 하지만 나는 예기치 않은 부상으로 말미암아 내가 추구하던 길이 막혔고, 결국 그렇게 고향을 떠났다. 그저 '지금 당장 하고 싶은 것을 하자.' 이 생각 하나만 갖고 호주로 오게 되었다.

하고 싶은 건 별 다른 게 아닌 색다르게 노는 것, 그 안에서 내심 기대했던 것은 '무언가를 찾을 수 있지 않을까?' 미래의 나에게 짐을 던진 것이었다.

그렇게 혼자 어려운 길을 떠나 호주에서 내가 할 수 있는 것, 하고 싶은 것이 무엇인지 반드시 찾아야만 했다. 낯설고 외로운 외국으로 나왔으니 영어도 잘해야 했고, 비자명이 '워킹' 홀리데이인 만큼 열심히 일해 돈도 모아서 돌아가야 한다는 부담감.

1년 안에 '인생'을 바꾸겠다는 무모한 생각으로 스스로에게 마음의 짐을 얹었다.

그렇게 시간이 지나 돌아와 보니 무의미했다. 아니다. 실은 뭐 하나 제대로 한 게 없다고 표현하는 것이 맞다.

현지 사람들과 함께하기엔 영어 실력과 문화 차이가 있어, 나와 같은 여행자들의 시간은 대부분 언어와 문화 습득에 보낼 수밖에 없었다. 그리고 계속 지역을 이동하느라 돈도 모으지 못했다.

일은 기술이 없으니 단순노동만이 나에게 주어졌고, 아쉽게도 하고 싶은 것 또한 명확히 찾지 못했다. 워홀 초기엔 이런 불안감과 아쉬움이 남았다.

'호주에 오기 위해 대학도 안 가고, 가족과 떨어져 살며 많은 걸 포기했는데.'

'나라는 사람은 고작 이게 다야?'

'당장 다음 달, 내일, 오늘 저녁에도 뭘 해야 할지 모르겠어.'

'그렇다고 모든 것이 후회되고 의미가 없는 것일까?'

불안한 감정을 떨쳐내고자 내가 잘하는 것에 집중했다. 친화력이 있는 나는 새로운 사람을 만나는 게 어렵지 않았다. 여행자들을 만나게 되었고, 그다음으로 이민자들을 만날 수 있었다.

원했던 것들을 얻지는 못했지만, 그들을 만나며 내 마음가짐과 가치관에 긍정적인 바람이 불어왔다. 그들의 이민을 결심한 계기, 이민과정, 현재의 생활 등 이야기를 듣고 나니 위태위태하던 마음이 진정되었고, 새로운 생각들이 하나 둘 쌓이기 시작했다.

이민자들이 넘쳐나는 호주다 보니 사람들의 삶의 방식 또한 각양각색이었다. 30살까지 공무원 생활을 하다 그만두고 호주로 워홀을 왔다가 카페를 차린 Y 씨, 대학교는 안 나왔지만 독학해 프로그래머가 된 B 씨, 대만에서 이민 와 서빙으로 시작해 지금은 5개 가게를 운영하는 대만 부부 등 위에 언급한 틀과는 다른 길임에도 잘 살아가는 사람들의 이야기였다.

특히 인상 깊었던 점은 그들이 현재를 행복해하며 살고 과거에 대해 후회가 없다는 것이었다. 아쉬웠던 과거가 있다면 그들은 그것을 현재 행복의 거름으로 삼았다.

그 외에도 사람들의 이야기 속에 담긴 메시지는 '실패는 극복하면 돼. 하지만 주저하고 두려운 나머지 시도조차 하지 않으면 후회해. 이미 흐른 시간을 후회해 봤자 무의미하지.' 였다.

계속 알 수 없는 무언가를 찾아야 하고, 정해지지 않은 미래에 대한 걱정이 가득할 수는 있지만, 대학도 안 가고 발목을 붙잡는 것이 없는 자유의 몸인 김에 '죽이 되든 밥이 되든 하고 싶은 거 원 없이 하고 살자.' 라는 마음가짐이 지금까지의 삶에 후회를 남기지 않았다.

또한 모든 상황에 예민하고 생각이 많던 나는 '그럴 수도 있지. 혹은 일단 한번 해보지 뭐.' 라고 하는 등 간결한 선택으로 스트레스를 해소했고, 상황에 따라 빠르게 인정한 후 피드백을 적용할 수 있는 마음가짐을 가졌다. 덕분에 선택해야 할 때, 마음이 향하는 방향을 금방 찾을 수 있게 되었다. 실패를 하더라도 좌절하지 않고 현재의 나를 위해 '이러한 과정'이 있어서 그렇게 되었다며 스스로를 위로했다.

사람과의 관계도 나와 맞지 않는다면, 크게 마음 쓰지 않고 넘길 수 있게 됐다.

워홀이 끝나갈 무렵이 돼서야 변하기 시작했고, 또 다른 삶을 향해 갈 준비가 되었다. 그렇게 해서 한국으로 돌아왔고, 누군가 나에게 "호주 어땠어? 잘 갔다 온 거 같아?"라고 물어보면 항상 내 대답은 "예스"였다.

이 글을 읽는 독자도 보편적이고, 안정적인 삶에 대해 안주하지 않았으면 하는 바람이다. 당장 살고 있는 동네를 벗어나기만 해도 새로운 사람들을 만나 전혀 알지 못했던 것에 대한 이야기를 듣고 경험할 수 있다. 또한 안정적으로 보이던 '틀'이 성장을 멈추게 하는 것뿐만 아니라, 오히려 더욱 스스로를 정체시킬 수도 있다는 것도 알 수 있다.

한 번쯤은 롤러코스터에 탑승해 보길 바라는 마음이다.

Part 02

세계일주

01_ 지금, 안녕하신가요?

광주 촌사람이던 내게 버킷리스트가 하나 있었다. 바로 서울 상경.억 소리 나는 외제차를 끌고 강남 한가운데를 지나가는 상상, 불금이면 친구들을 불러 클럽 VIP룸에 들어가는 상상, 비싼 상가에서 사장님 소리 듣는 상상, 예쁜 누나들과 놀러 다니는 상상... 상상해 볼 수 있는 건 다 해봤다. 영 앤 리치 핸썸 프리티... 뭐든 다 될 줄 알았다.

개뿔. 그런 일 따윈 일어나지 않았다.

재밌는 곳에서 살고 싶다는 생각에 홍대를 찾았다. 집세가 비싼 데도 말이다. 그 집세를 감당하기 위해 친구와 더불어 곰팡이와 함께 생활했다. 구직사이트를 검색해 볼 때면 나는 사용자가 원하는 사항에 미치지 못하는 점이 많다는 사실을 알았다.

서빙, 농장, 페인트 청소, 설거지, 주방... 급여나 직업에 대한 눈은 높아졌지만, 현실은 능력부족으로 아무도 나에게 연락하지 않았다.

한창 일을 구하던 중 홍대 앞을 걸어가는데, 누군가 "스티커 하나 붙여주시겠어요?" 하며 말을 건넸다. 서울에 올라온 지 얼마 안 되었기에, 이 말이 무슨 뜻인지 잘 몰라 그들이 하는 말을 계속 듣고 있었다. 결론은 "후원하세요."였지만, 다행히 나이제한으로 후원 참여가 어렵다는 말을 듣고 도망가려던 순간이었다.

  "혹시 일 하고 계세요?"
  "아니요."
  "인상이 선 해 보여서 그러는데, 이 일은 어때 보이세요?"

이게 뭐지 싶어 피하려던 찰나, 귀여운 젊은 아가씨의 눈빛에 홀려 가만히 듣게 됐다.

"이게 뭐 하는 건데요? 봉사활동 아닌가요?"
"아, 이건 후원받는 일인데요! 길거리에서...."

이 일은 100프로 인센티브 구조였다.
내 인상이 별로였을까, 사람들이 스티커를 붙여주지 않아 내 통장은 텅장이 돼 가며 하루살이처럼 살았다.

그렇게 경력에도, 통장에도 전혀 도움이 되지 않는, 이도저도 아닌 9개월이라는 시간을 허비했고, 여행 또한 조금씩 잊혀가고 있었다.

"띵동!"

휴무날 집에서 빈둥거리던 그 시각, SNS에 뭔가 올라왔다는 소리가 들렸다.

'일 년 전 사진.'

시드니에서 핼러윈 때 조커 분장을 하고 친구들과 장난치며 찍은 사진, 바닷가에서 바비큐를 하며 수영하던 사진, 새해맞이 캠핑을 가서 불꽃놀이 하던 사진들이 올라왔다. 여행도, 운동도, 새로운 사람을 만나는 것 등 모든 일을 게을리하지 않고 열정적으로 살았던 추억들이었다.

순간 머리가 띵했다.

'이렇게 시간을 보내는 게 최선인가? 내가 원하는 삶이 나올까? 미래가 안 그려지는데... 떠날까?'

내 열정을 확인하고자 호주 워홀 때 찍은 사진들을 모두 들춰봤다. 그리고 알 수 있었다. 지금 내가 있을 곳이 적어도 이곳은 아니라는 걸.

'일해서 돈을 벌 기회가 보이지 않는다면 내 꿈, 화양연화를 만

들어 보자. 또다시 오지 않을 시간, 기회일지 몰라.'

그렇게 썩은 동아줄일지언정 새로운 도전에 불을 지펴야 한다는 생각에, 2주 후에 있는 가장 저렴한 LA행 비행기 티켓을 바로 끊었다.

시간이 흘러 생각해 보니 허황된 꿈을 꿨었고, 스스로를 과대평가하여 초래한 롤러코스터의 내리막길이었다.

주변사람들에게는 계획적이고 빛을 볼 것만 같은 여정이라고 말했지만, 실상은 현실도피였을지 모른다. 하지만 중요하지 않았다.

내 가슴이 다시 뜨거워지기 시작했고, 온 신경이 하나에 꽂힐 수 있어 얼마나 다행이었는지.
그렇게 다시 떠났다. 잃어버린 '진짜 나'를 찾으러

02_ 스며들고 싶은 곳, 캘리포니아

왕따가 된 기분, 유니버셜 스튜디오

LA에서의 첫 일정은 유명한 영화 컨텐츠와 최첨단 기술이 결합된 놀이기구가 어우러진 유니버셜 스튜디오 방문이었다. 다만 나름 특별했던 건 '혼자 가는 것'이었다. 보통 놀이공원은 친구들, 연인, 가족과 함께 가지만, 첫 일정이라 아는 사람이 없어 혼자 가게 되었다.

내 딴엔 '모두가 즐겁고 긍정적인 마음을 갖고 있을 놀이공원이니까, 내가 말을 걸면 반갑게 인사도 하고 친구도 할 수 있겠지?'라고 생각했다.

영화 컨텐츠와 최첨단 기술이 결합된 놀이기구가 어우러진 유니버설 스튜디오 조형물.

새로운 친구도 사귀고 내가 좋아하는 미니언즈도 볼 수 있다는 생각에 들뜬 마음으로 들어갔다. 입구엔 이곳의 상징인 지구 모양의 조형물에 UNIVERSAL STUDIO라는 이름이 붙어있어 많은 사람들이 사진을 찍고 있었다.

나도 기념 사진을 남기기 위해 주변을 둘러봤다. 기념 사진을 찍은 후 말이라도 걸어볼 생각에 20대로 보이는 일본인에게 사진 좀 찍어달라고 부탁했다.

"실례할게요. 제가 혼자라서 그러는데 사진 좀 찍어줄래요?"
"물론이죠. 핸드폰 주세요."
"찰칵! 찰칵!"
"여기요."

그는 후딱 사진을 찍더니 폰을 건넨 뒤 말을 걸 틈도 없이 가버렸다.

'타이밍을 놓쳤군.'

그래도 누구와도 대화를 하지 않은 것은 아니었다. 항상 내가 쳐다보면 손짓을 하며 같이 사진을 찍자는 사람들이 있었다. 캐릭터 인형 탈을 쓴 직원들이었다.

"누구랑 같이 왔어요?"

"혼자 왔는데요?"

"아, 그래요? 놀이공원을 진짜 좋아하나 보네요."

"음, 그렇게 좋아하진 않아요. 여기 오면 친구를 사귈 줄 알았는데 생각보다 어렵네요."

"그럼 이건 어때요? 여기는 일반 줄이 있고, 혼자 온 사람들을 위한 줄이 따로 있어요. 거기에 있는 사람들한테 말 걸어봐요."

"오, 좋습니다. 고마워요!"

친구를 만들 수 있다는 마음에 놀이기구들이 있는 곳으로 향했다. 한 개, 두 개, 세 개째... 평일이라 그런가 아무도 그 줄에 서 있지 않았다. 일반 줄엔 사람들이 꽤 있는데 난 그 옆줄로 쌩하고 지나갔다. 기다리지 않아도 돼서 기분이 좋아야 하는데, 왜 씁쓸하지...

혼자 오픈 때부터 마감 때까지 열심히 놀고 돌아다니며 사진도 찍고 밝게 웃으며 즐거운 척해 봤다. 역시 재밌는 구경거리든, 놀이 기구든, 맛있는 음식을 먹든 나는 함께 공유할 사람이 있어야 행복한 사람이었다.

오늘의 가르침 : 놀이공원은 혼자 가지 마세요.

젊음의 향기, 베니스 비치

내 상상 속의 미국은 항상 서부였다. 자유로운 영혼들이 진심으로 사랑하는 무언가를 위해 거침없이 달려들 것만 같은 곳. 상상 속의 그런 장면은 베니스 비치에서 볼 수 있었다. 수많은 사람들이 넓은 해변에서 각자 원하는 것에 열정을 쏟고 있었다.

스케이터들은 스케이트 볼에 모여 멋진 라이딩을 선보였고, 누군가 경사면을 타고 하늘을 난 후 착지를 하니 다들 휘파람과 박수를 아낌없이 던졌다. 나 또한 눈이 휘둥그레져 열심히 박수를 쳤더니, 고맙다며 하이파이브를 하고 주먹을 건넸다. 주먹을 툭 쳤더니 눈인사를 하고 웃으며 가는 쿨가이.

'와! 멋있다.'

그 옆에선 서로 몸을 부딪혀 가며 덩크 슛을 꽂는 농구 선수들, 몸의 탄력이 얼마나 좋은지 연속으로 5바퀴를 돌고 놀라운 스트릿 쇼를 선보이는 사람들. 날짜를 잘 맞춰서 그런지는 모르겠지만, 따스한 햇살 속에 이 모든 것을 볼 수 있다는 것에 감사했다.

잃어버린 꿈을 찾아서

그리고 비치 안에 있던 조형물엔 힙한 그래피티가 그려져 비치를 한층 더 멋있게 보이게 하고, 바다엔 장발에 보드를 옆구리에 끼우고 달려가던 서퍼들이 파도를 타고 있었다.

이 사람들이 어디서나 볼 수 없는 퍼포먼스를 보여주었기에, 당연히 전문적으로 하는 사람들인 줄 알았지만, 놀랍게도 주변 가게에서 일하거나 각자 직업을 갖고 있고, 여가시간을 이용해 취미로 하는 사람들이었다.

뭐 하나에 빠져 모든 열정을 쏟아내고 그것을 성취했을 때의 기분이 어떨지 궁금했고, 나 또한 느껴보고 싶었다. 살면서 처음으로 어떤 무리에 격렬하게 끼고 싶다는 생각은 처음이었다.그들을 보며 여러 생각이 들었다.

'난 왜 이런 취미 하나 없었을까? 분명 하고 싶었던 것들도 많았고, 다양한 것들을 시도해 봤는데... 운동을 좋아하는 내가 뭐 하나 꾸준히 했다면 그들처럼 멋지게 즐길 수 있지 않았을까?'
 대부분 시작하고 나서 6개월을 채 넘기지 못했다. 무엇이든 금

잃어버린 꿈을 찾아서

세 그만둔 내가 한심했고, 지나간 시간이 아까웠고, 어느새 그런 생각을 하고 있는 내가 안타까웠다. 그래도 '부정적인 마음'은 그리 오래가지 않았다.

'이제 22살이야. 이번 여행을 통해 꽂히는 무언가를 찾아 5년에서 10년 갈아 넣어보면 나도 저들처럼 될 수 있겠지?'
젊음을 무기로 스스로를 위안하며 숙소로 돌아왔다.

"다음에는 나도 꼭 저들과 어울릴 수 있는 무언가를 가져올게. 변치 말아 줘."

평생의 숙제, 현실 vs 이상

여행을 하면서 끊임없이 머리를 맴도는 숙제가 있다. '현실 또는 이상 중에서 무엇을 위해 살아가야 할까?' 라는 것이다.

여행을 하면서 무엇을 하고 싶은지 찾을 수 있다고 생각하지만, 가끔 무의미하게 놀고만 있다는 생각이 들면 문득 일자리를 구했던 나의 모습이 떠오른다. 기술이 없어 단순노동만 할

　잃어버린 꿈을 찾아서

수 있고, '그럼 돈을 많이 벌 수 있을까?' 하는 고민과 함께 부모님과 앞으로 맞이할 인생의 동반자 또한 걱정이 된다. 시간은 하염없이 흘러갈 거고, 통장도 바닥을 보여 간다면 그 끝이 어떠할지 알 것 같은 기분이다.

하지만 이런 생각들이 여행 속에서 바뀌어 가길 원해서 여행하는 게 아닐까?

해변, 할리우드 거리, 거리에서 만나는 사람들에게 간접적으로 느끼고 깨닫는 부분들이 있다. 돈이 없을지도, 여유가 없을지도 모르지만, 자신이 사랑하는 게 뭔지 알고, 그걸 실행하면서 짓는 행복한 그 웃음은 무엇과도 바꿀 수 없어 보였다.

만일 조금은 배고프고 불확실한 미래일지라도 저 미소를 가질 수 있다면 이상에 한 발 담그고 싶다.

03_ 자연과 나를 빗대어, 그랜드 캐니언

첫 번째 버킷리스트, 그랜드 캐니언. 난 자연을 쫓아다니는 타입은 아니다. 호주에 있을 때 '울룰루'라는 세상의 배꼽이라 불리는 곳이 있었지만, 방문하지 않았다. 자연이 주는 감동을 딱 한 번, 그랜드 캐니언에서 받고 싶어서였다.

그랜드 캐니언을 가는 방법은 보통 두 가지가 있다. 본인이 직접 차를 운전해서 가거나, 여행사를 통해 가는 것이다. 난 한 번도 외국에서 운전해 본 경험이 없어서 안전하게 여행사를 통해 갔다.

새벽 3시. 괜히 늦잠을 자서 여행사 차를 놓칠까 봐 불안하여

밤을 꼴딱 새웠다. 내 숙소 앞으로 여행사 차가 도착하자마자 차 문을 딱 열었는데, 이미 만석. 그래서 별생각 없이 가이드 옆 자리에 앉았는데, 가이드가 "뒤에 계신 분들은 모두 신혼여행 오신 분들이고. 혼자 탄 사람은 당신뿐이네요. 보통 이런 경우가 흔치는 않은데... 제가 친구가 되어 드릴게요."라고 하면서 반갑게 맞이했다.

그렇게 가이드와 몇 마디 나누다 어느새 잠이 들었다. 한참을 자다가 일어나 보니 눈앞에는 모레와 나무 한 그루 없는 허허벌 판뿐이었다.

시작은 '홀슈밴드(horseshoe bend)' 라는 곳이었다. 영어 이름 그 대로 말발굽 모양의 갇힌 물길이 있는 협곡으로, '콜로라도' 강에 의해 생긴 지역이었다.

주차장에 도착해 터벅터벅 걸었다. 비몽사몽인 상태로 홀슈밴 드에 도착했을 땐 정신을 바짝 차려야 했다. 자연을 훼손하지 않기 위해 울타리나 안전장치를 설치하지 않아서, 한 발만 잘

못 디뎌도 그대로 추락할 수 있었다. 몇 년 전에 추락 사고가 있었다는 말에 더욱 경직되어 다가갈 엄두가 나지 않았다.

하지만 용기를 내서 다가갔다. 협곡 사이로 흐르는 강, 수백만 년간 깎이고 깎여 사람 손때 하나 묻지 않은 이곳의 경이로움을 직접 감상해 보고 싶었다.

자연 앞에서 우리 인간은 먼지 같은 존재가 될 수 있다는 걸 느낄 수 있었다.

가이드의 추천으로 사진 찍기 좋은 장소를 찾아갔다. 이미 관광객들이 그곳에 모여 사진을 찍고 있었는데, 거의 낭떠러지 맨 끝이었다. 고소공포증이 없다면 시도해 볼 만했다. 액자로 걸어놔도 손색이 없는 사진이 될 테니깐. 단, 다리가 후들거려 기어 나오는 수모를 겪을 수 도 있다. 내가 그랬다.

다음 장소는 앤텔롭 캐니언(Antelope Canyon). 컴퓨터를 켜면 배경화면으로 설정되어 누구나 한 번쯤은 봤을 법한 곳이다. 앤

잃어버린 꿈을 찾아서

텔롭 캐니언은 통제된 지역이라 원주민 가이드와 함께 투어를 시작했다.

입구 부분에선 내가 사진에서 봤던 모습들을 볼 수 있었는데, 솔직한 마음으론 실물보다 사진 속의 풍경이 훨씬 낫다고 생각했다. 보는 순간 빨려 들어갈 것만 같았고 황홀함에 빠질 줄 알았지만, 그렇지는 않았다.

우리의 반응을 눈치챘는지 가이드가 "앤텔롭 캐니언이 가장 아름다운 시간은 딱 지금, 1시 30분이니 들어가 보죠." 하며 실망할 것 없다는 표정으로 우릴 이끌었다.

'걱정은 개나 줘 버려라.'고 말하는 듯 캐니언 안으로 햇빛이 들어오자, 이게 웬걸. 다른 지형에 의해 대부분 가려지고 내가 서 있는 곳으로만 햇빛이 들어왔다. 그 순간은 하늘에서 오직 나를 위해 빛을 내려주는 기분, 마치 뮤지컬에서 주인공이 되나에게만 조명을 비추는 느낌이었다.

혼자 온 탓에 맨 뒤에서 어슬렁거리며 돌아다녔는데, 그 덕분인지 다들 떠나고 그 빛 아래서 오직 나만의 시간을 잠시 가질 수 있었다. 돌에 기대 누워서 혼자 망상에 빠졌다. 찬양받고 있다는 생각을 스스로에게 주입하며 나만의 공간, 나만의 시간이라는 자연의 선물을 받아들였다.

마지막으로 향한 곳은 이번 여행의 목적지인 그랜드 캐니언이었다. 앞서 들른 곳은 모르고 간 곳이고, 이곳은 사진으로 많이 봐왔던 곳이라서 기대가 컸었다.

하지만 이미 오랜 시간 차에 시달려서 그런지 지치기도 했고, 마지막으로 들른 곳이다 보니 다 똑같아 보였다. ' 다른 패키지는 캠핑도 하면서 시간을 가지고 천천히 볼 수도 있다던데. '라는 마음이 들어 조금은 아쉬웠다.

그래도 가이드의 설명으로 이곳이 어떻게 형성이 되었고, 그간의 간단한 역사를 들었을 때, 바라보는 시선이 달라져 긍정적인 생각으로 감상할 수 있었다.

지구가 탄생한 이후 지금까지 온갖 비바람에 의해 상처가 생겼다. 그것들에 의해 깎이고 무너지고 상처를 입었지만, 그저 상처만으로 남는 것은 아니었다. 그 또한 역사가 되고, 이렇게 또 다른 특유의 색을 가질 수 있다는 사실을 자연이 인간에게 가르쳐 준 것이었다.

그 상처는 우리에게도 적용될 수 있다. 내가 막을 수 없던 쌓여가는 상처들이 결국 '나'라는 사람을 만들었고, 그 후를 내가 어떻게 해나가냐에 따라 훼손이 될 수도, 성장이 될 수도 있다는 점이다.

어쩌다 보니 24시간을 혼자 보냈지만, 오로지 자연에 집중하고 그 자연에 날 빗대어 내 과거와 실수들, 앞으로의 동기부여까지. 한층 성장할 수 있게 해준 자연에게 무한한 감사를 느끼고 돌아간다.

04_ 너라는 친구가 있어서 얼마나 행복한지, 시애틀

원래 일정대로라면 라스베가스에서 멕시코로 넘어가야 했다. 그런데 LA에서 여행하고 있을 때, 미국인이 된 동네 친구 '용상' 이한테서 연락이 왔다.

"미국에 왔으면 연락을 해야지. 오랜만에 보고 싶으니까, 당장 넘어와. 이곳에서의 계획은 내가 알아서 할게."

일정에 없더라도 재밌어 보이면 어디든 갈 수 있다. 하지만 시애틀에 대한 정보가 없어 찾아봤고, 특별한 게 없었다. 가는 게 맞을까? 구미가 당기지 않았지만, 친구가 미국으로 이민을 와 어떻게 살아가는지 궁금해 멕시코행 티켓을 찢고 시애틀로 향했다.

비행기가 나름 익숙해졌는지 비행기에서 비몽사몽인 상태로 나오니 저 멀리서 "야, 김가득~~" 하는 소리가 들렸다.

타국에서 친한 친구를 만나는 게 이렇게 신날 수가 없었다.

"너 왜 이렇게 까만데?"

"넌 왜 이렇게 쪘는데?"

"넌 왜 초점이 없는데?"

"넌 왜 숨 쉬는데?"

중학생 때처럼 유치했지만, 생각 없이 머리에서 그대로 말을 뱉을 수 있는 친구를 만났다는 게 정말 반가웠다.

친구는 16살에 미국으로 이민을 떠나서 미군으로 복무하며 약 10년간 미국에서 살아가고 있다. 나는 평범한 학창 시절을 보내고 성인이 된 후, 호주에서 워홀을 하고 현재는 세계여행을 하는, 다르면서도 비슷한 삶을 살고 있는 우리 두 사람이다.

몇 번 안 되지만, 성인이 된 후 나는 용상이와 단둘이 술 마시는 걸 좋아한다. 처음 술을 한두 잔 기울일 땐 각자의 근황 이야기와 학창 시절의 추억들을 되새기면서 유쾌하게 웃으며 즐거운 시간을 보낸다. 그러다 취기가 오를 때쯤엔 이젠 성인이니 정신을 차려야 한다는 등 미래에 대한 걱정, 또는 함께 도전해 보고 싶은 것들을 나열하며 진지한 대화가 이뤄져 철든 척하기도 한다.

만남이 쉽지 않은 친구와 일 년에 한 번꼴로 만나 나누는 말들은 관계를 더욱 돈독하게 하고 더 큰 꿈을 상상하게 만든다.

한국인이 국경을 차로 넘어가?

시애틀에 오고 5일 정도 지났을 때, 드디어 용상이의 휴무 날이 왔다. 나라에서 나라로 차를 타고 국경을 넘는 날, 미국에서 캐나다로 향했다. 한국에 사는 사람이라면 낯설고 신기한 경험이

아닐 수 없다.

3시간이면 캐나다에 입국할 수 있어서 광주에서 서울 가는 시간과 비슷했다. 검문소에 도착해 차에서 기다리는 동안 용상이가 "미국에서 캐나다로 넘어가는 일은 흔하고, 난 군인 신분이라 별일 없이 금방 넘어갈 수 있을 거야."라고 말했다.

용상이의 말을 믿고 검문 요원이 다가왔을 때, 창문을 열고 활짝 웃으며 인사를 건넸다. 그러자 친절하게 인사를 건네기는커녕 문제가 있는 듯한 표정으로 온갖 질문들을 쏟아냈다.

"당신, 여기에 왜 왔어요?"를 시작으로 각자의 직업, 급여는 얼마를 받고 심지어 부모님의 개인 정보까지 물어보며 차에 있는 모든 짐을 다 검사했다. 친구는 당황해 아무런 문제가 없는 미군 출신이라며 증명할 수 있는 것들을 보여줬음에도, 끊임없는 질문과 검사는 계속됐다. 우리 두 사람은 화가 났지만, 캐나다 일정에 차질을 빚고 싶지 않아 하고 싶은 말을 꾹 참았다.

그렇게 30분가량을 허비하니 정신도 없고, 왜 해야 하는지 이유 모를 해명을 하느라 진이 다 빠졌다. 그렇게 겨우 검문소를 지나 다음 행선지로 향했다.

우리가 향한 곳은 '칠리웍 호수'. 둘 다 갑작스레 떠난 여행이라 아름다워 보이는 호수 하나를 찾고 내비게이션만을 믿고 갔다. 해가 지기 1시간 전쯤 내비게이션은 도착했다 하였지만, 주위를 아무리 둘러봐도 호수는커녕 차 한 대, 사람 한 명 보이지 않았다. 산이라서 정확한 길 안내가 되지 않았나 싶어 끝없이 안으로 들어갔다.

차가 다닐 수 있는 도로가 아닌 도보길이 나왔지만, 오프로드하는 기분에 그저 신이 난 우리는 좋아하는 힙합을 틀고 신나게 드라이브를 시작했다.

하지만 얼마 안 가 운전하는 친구가 "야, 망했다." 하며 비명을 질렀다.

점점 길이 좁아져 결국 반대편에서 누군가 온다면 돌이킬 수 없는 상황에 닥치자 조마조마한 마음으로 최대한 안으로 빠르게 달려갔다.

서로 기도를 하며 제발 아무도 나타나지 않길 바라며 30분가량 달리자, 드디어 호수가 보이기 시작했다. '더 이상 들어가 봤자 비슷한 느낌이지 않을까?' 라고 생각해, 겨우 차 한 대가 지나갈 수 있는 공간이 나타나자 주차를 해놓고 차에서 내릴 수 있었다.

차에서 내려 캐나다 땅을 처음 밟았다. 첫 느낌은 아직 가보지 않은 스위스에 온 듯한 기분이 들었다. 물속이 훤히 보이는 호수와 높은 산들이 우리를 둘러싸고 있었다. 11월이라 눈이 안 왔는데도 불구하고 산봉우리엔 눈이 소복이 쌓여있고, 주위엔 오직 나와 친구뿐. 고요하면서 물에 비치는 우리들의 모습을 보니 괜스레 마음은 차분해지고 스스로에게 진지한 생각들이 들기 시작했다.
항상 활동적이고 무언가를 얻어 가야 한다는 강박감에 의해 쫓기듯 무언가를 해왔는데, 여행을 하면 할수록 마주하는 경이로운 자연이 내 마음의 짐을 덜어줬다.

그랜드 캐니언에서 앞으로의 '타오를 도전'을 남겼다면, 부정적인 것들을 이곳 호수에 남기면 영영 나에게로 돌아오지 않을 것만 같았다.

내가 좋아하는 〈sleeping beauty〉라는 노래를 틀어놓고 바위에 나란히 앉아 이 시간과 아름다운 자연을 마음껏 즐겼다. 시애틀에서 우린 조금 스트레스를 받은 상황이었는데, 한 방에 보상을 받은 기분이었다.

그렇게 우린 해가 지기 전까지 그곳에 머물렀고, 밤이 돼서야 밴쿠버에 도착했다. 1박 2일이라는 짧은 일정이어서 그날 밤을 숙소에서 보낼 순 없었다.

비가 오고 바람도 많이 불었지만, 숙소 근처에 시드니에서 같이 살았던 친구가 있어 비바람을 뚫고 친구를 만나러 갔다.

앞으로도 몇 번 지인들을 만나는 일이 있지만 매번 새롭고 반갑다. 무뚝뚝하지만 의리 있는 경상도 남자, 범기. 호주에서 캐나다로 넘어와 또 다른 삶을 살아가는 친구였다.

마침 모인 사람들이 98년생이어서 친해지는 건 일도 아니었다. 범기는 나와 있었던 일들을, 용상이도 나와 있었던 일들을 얘기했다. 그리고 혼자 외국에서 생활하는 둘의 각자 삶도 얘기하며, '내가 좋아하는 이 친구들도 친해져서 셋이 또 어울리는 날이 왔으면 좋겠다.'는 마음이 들어 그들의 대화에 집중했다.

짧지만 즐거웠던 만남을 다시 한번 기약하며 우린 숙소로 향했고, 다음 날 캐나다를 떠나 시애틀로 돌아오자마자 난 멕시코행 비행기를 탔다.

모든 순간들이 소중하고 즐거웠지만, 항상 여행의 아쉬운 부분은 있다. 이 여행은 나 혼자 하는 여행으로 낯선 외국 땅에서 사람들을 만나도, 이 시간을 함께 공유하며 이야기할 기회는 많지 않다. 외국인 친구는 평생 한 번이라도 다시 보는 것조차 어

렵고, 한국인 또한 여행 도중에 만나 여행 도중에 인연이 끊기는 경우가 대부분이다. 혹여 인연이 이어진다 할지라도 각자 사는 곳, 살아가는 패턴이 달라 몇 번의 연락이 오고가면 자연스레 멀어지는 '일회성 동행' 이 되기 십상이다.

그에 반해 이 친구들은 언젠간 한국에 돌아와 동네나 어디에선가 만나 추억을 회상하며 그 순간의 감정들을 다시 한번 느껴볼 수 있다. 오랜 시간을 함께 우정을 나눈 친구들의 소중함을 가슴 깊이 남길 수 있던 여행이었다.

'너희라는 존재가 나에겐 행운이었어. '

05_ 인생의 목표가 생겼다, 멕시코

기대가 크면, 실망도 큰 법

멕시코에 대한 로망이 있었다. 호주에서 만났던 멕시코 친구들은 함께하는 시간들을 기대하게 만들었고, 귀가할 때까지도 웃음을 머금을 정도로 엔돌핀을 증가시켜 주었다.

그러다 보니 자연스레 꼭 가야 하는 나라가 되어 방문했다. 멕시코의 수도 멕시코시티의 첫인상은 특색 있는 건축물과 문화적으로 다양한 볼거리가 있다는 것이었다.

중심가에 있는 소칼로 광장, 멕시코 피라미드 테오티우아칸, 인터스텔라 촬영지 바스콘셀로스, 멕시코 국보 프리다칼로 박물관 등등 사람들이 꼭 가봐야 한다고 추천한 곳들은 다 가봤다.

하지만 안타깝게도 예나 지금이나 예술에 관심이 없어 '우와~ 예쁘다. 신기한데! 기가 막히네! 잘 만들었네!' 딱 이 정도 감탄사뿐이었다. 상상했던 활기차고 다들 친절할 줄 알았던 사람들이 아닌, 각박한 현실에 치여 웃음이 사라진 멕시코 사람들의 모습에 그저 스쳐 지나가는 경유지에 불과할 뻔했다.

인생호스텔, casa eufemia

혼자 여행하는 것은 자유롭지만 외롭다. 아무리 맛있는 걸 먹고 아름다운 것을 봐도, 시간이 길어지면 그것에 대한 감정을 나눌 사람이 없어져 느끼는 감동의 폭이 조금씩 줄어든다.

말을 계속 하지 않다 보니, 길에서 누군가에게 말을 거는 게 힘들어지는 소극적인 사람이 되어갔다. 예술을 사랑한다면 그들에게 이렇게 흥미로운 곳도 없었을 텐데, 나에겐 어느새 '재미

호스텔 casa eufemia.

없어!' 라는 생각까지 들었다.

그렇게 온 지 둘째 날이 되고 어떤 호스텔에 들어가게 되었는데, 호스텔의 이름은 casa eufemia.

소칼로 광장에서 10분 정도 걸으면 일렬로 술집들이 쭉 펼쳐진 곳이 있었다. 그리고 바로 옆 골목에 조금은 외지고 사람도 다니지 않으면서, 음산해 보이는 거리에 있던 호스텔.

호스트를 보기까지 얼마나 힘들었는지. 내 침대 앞에 도착하기까지 총 5개의 문을 열어야 했다. 처음 호스텔 문 앞에 도착해 호스트에게 전화를 했더니, 대문과 건물 문을 열어준 후 6층으로 올라오면 된다고 했다.

"여기 엘리베이터 작동이 안 되는데요?" "그거 고장 났어요. 계단으로 올라와야 해요."

???

'아니 이런 경우가 어딨어. 미리 말을 하던가 사이트에 올려놨어야지. 내 몸을 기준으로 앞뒤로 30kg이 다 되는 가방을 메고 왔다고. 그리고 무슨 층마다 사이에 계단이 이렇게 많아.'

올라가는 동안 얼마나 구시렁거렸는지 모른다. 그렇게 도착을 해 벨을 누르니 3번째 문이 열렸고, 부부로 보이는 남녀가 해맑은 미소로 인사를 건네왔다.

"아, 당신 짐이 많았군요. 미리 말했으면 내가 내려갔을 텐데... 그래도 며칠 지내면 적응될 거예요." 속에서 열불이 났지만, 정말 별거 아니라는 표정과 저 해맑은 얼굴에 내가 무슨 말을 하겠는가.

땀에 흠뻑 젖었고 빨리 쉬고 싶다는 생각에, 주위를 둘러볼 새도 없이 바로 샤워부터 했다. 그렇게 샤워를 마치고 나와, 코로나 맥주를 챙겨 누워있기 좋아 보이는 의자에 앉았다.

꿈을 찾았어요

초록색을 바탕으로 한 깔끔함과 투박함, 그 사이에 있는 동물들과 문양들이 벽에 페인팅돼 있고, 장기 체류하는 투숙객 중에서 가끔 있는 미술 전공 여행자들이 자신의 흔적을 남겼다.

원래 있던 페인팅과 이름 모를 투숙객이 그려낸 그림과의 조화. 처음에 난 이해가 안 됐다. 이 사람이 그림을 어떻게 그릴 줄 알고 구석도 아닌, 눈에 잘 띄는 곳에 그리는 걸 허락한 거지? 이런 호스텔은 우리 눈에 잘 띄는 디자인도 중요하다고 생각했다.

하지만 사장의 마인드는 조금 달랐다. 그걸 그리는 사람과 맡기는 사람간의 관계에 믿음이 있으니 가능했다. 그리고 호스텔 가지고 있는 이 분위기를 느꼈는지 제3자들도 더욱 특별하게 바라봐주는 시선 덕분에 이 호스텔의 이야기가 쓰여지고 있었다.

이곳이 기억에 강하게 남았던 이유도 따로 있다. 사실 웬만한 호스텔에 가면 전 세계에서 모인 배낭여행자들을 만날 수는 있다. 20대부터 70대까지 다양한 연령층과 보지도, 듣지도 못한 직업을 가진 사람들, 그리고 6대륙에서 온 사람들이 모인 작은 지구촌이 호스텔에 있는 것이다.

하지만 보통 각자 일정도 있고, 친구들과 함께 오는 경우도 있지만, 내 경험에 다 같이 움직이는 일은 절대 흔치 않았다.

이곳은 조금 남달랐다. 아침에 일어나 2층 침대에서 얼굴을 살짝 내밀어 서로 인사를 나누고, 옥상으로 커피를 한 잔씩 들고 와 의자에 누워 여유를 즐겼다.

가만히 누워서 그들과 대화를 하며 시내 전경을 바라보는 것만으로도 여행이 되었다. 이것들이 이 호스텔의 문화였고, 나도 자연스럽게 이 문화에 스며들었다.

새로 들어오거나 멕시코에 대해 궁금해하는 사람이 있으면 누구든 먼저 좋은 정보를 알려주겠다며 하나 둘 테라스에 모였다. 내가 이제 막 멕시코에 왔다고 하면서 계획이 없다고 말하자, 당장 나갈 준비를 하라고 했다.

계획대로라면 2~3일 안에 떠날 생각이었다. 하지만 왠지 이들과 다시 한번 이곳을 여행해 본다면, 내가 지루하다고 느꼈던 곳들이 '즐거운 곳이 되지 않을까?' 하는 생각에 잡았던 계획을 지워버렸다.

이미 전날 소칼로 광장과 바스콘셀로스 도서관에 갔었지만, 혼자 가는 것과는 받아들이는 게 사뭇 달랐다. 그저 사진만 찍고 구경 조금 하다가 돌아온 것과 달리, 그들이 이곳에 대한 역사나 여러 사건에 대한 설명을 해주자 의미가 더해졌다.

그리고 내가 가장 좋아했던 순간은 여행자들과 낮에 돌아다닌 후, 숙소로 돌아와 맛있는 멕시코 음식들을 바리바리 싸 들고 라틴 노래를 들으며 테킬라와 함께 하루를 마무리하는 것이었다.

어둑어둑한 저녁에 반짝이는 불빛들 속에서 술잔을 기울이며 나누는 대화는 흐릿하게 기억되지만, 그 자체만으로 아름다운 추억이 되었다.

마지막으로 내가 만들고 싶어하는 호스텔이 이곳 같았으면 했던 이유는 내가 비행기를 타기 위해 다른 지역을 갔다가 돌아왔을 때도, 나보다 먼저 떠났던 사람들이 나와 마찬가지로 이곳에서 다시 모였다는 것 때문이다.

이곳의 마지막 밤, 매일 같이 앉아있던 의자에서 또 하나의 꿈이 생겼다.

나이, 성별, 직업에 상관없이 다양한 사람들이 모여 즐기고, 다시 오고 싶고, 여행자들의 흔적이 남아 하나의 작은 역사가 만들어지는 그런 호스텔을 짓고 싶다.

사람 냄새 물씬, 사람 여행

멕시코시티에서 난 아직 혼자 여행하는 방법도, 즐길 줄도 몰

랐지만, 굳이 익숙해지기 위해 노력할 필요가 없다는 생각을 가지게 됐다.

멕시코시티 이후로 과나후아토, 똘란똥꼬, 플라야 등 다양한 도시를 방문했는데, 유독 다른 국가를 여행했을 때보다 더 많은 사람들을 만났다. 대부분 나처럼 혼자 여행하는 사람들이나 방학 시즌을 맞이해 이곳저곳 여행하는 유학생들을 만나는 경우가 대부분이었다.

사람들을 한 명 한 명 만날 때마다 점차 확신이 든 것이 있다. 여행하는 사람들에게 중요한 것은 각자 다르다. 음식이 목적인 사람, 자연이나 건물 등 풍경이 목적인 사람, 새로운 것들을 계속 시도해 보는 게 목적인 삶.

나에겐 '새로운 사람을 만나는 것'이 여행의 목적이었다. 내가 한국에서 살 땐 대부분 정해져 있다. 동네 친구들, 원래 알던 사람들, 그리고 가끔은 만날 수도 있는 비슷한 결의 사람들.

　잃어버린 꿈을 찾아서

잃어버린 꿈을 찾아서

나와 전혀 다른 삶을 살아가는 사람을 만나기는 생각보다 쉽지 않다. 하지만 여행 속에선 달랐다. 오직 '여행'이라는 것을 중점으로 내가 만나보지도, 만날 수도 없던 사람들을 만나 이야기를 나눌 수 있다는 것이다.

대학교도 나오지 않고 어떠한 전공도 없는 나였기에, 이 여행이 가진 목적을 위해 항상 귀를 기울였다. 이번 여행에서 내가 진심으로 원하는 게 무엇인지 찾은 후, 여행이 끝나면 그것을 향해 직진해야 한다는 다짐이 있었기에 새로운 것에 망설이지 않고 다가갔다.

이러한 생각이 있어서 그런지 나와는 전혀 다른 사람들에게도 더 관심이 생겼다. 자신의 분야에 대해 아무것도 모르는 내가 끊임없이 궁금해하며 질문하니, 신기했는지 더 많은 정보와 이야기들을 들려주었다.

또한 흔히들 '여행 뽕'이라고 하는데, 이미 여행을 와서 기분이 좋은 상태로 있고, 대부분 새로운 사람을 만나는 걸 선호했기에 금방 친해질 수 있었다. 그리고 외국에서 만난 사람들은 더 특별하고, 다시 한국에서 만나 오래 볼 인연이라고 생각하곤 했다.

뭐가 됐든 나에게 즐거운 추억이 있다면, 어디에서 놀았냐보다는 '누구와 함께 이러이러한 것들을 해서 행복했구나!' 가 가장 기억에 남는다.

06_ 천국과 지옥 그 사이 어디쯤, 쿠바

쿠바 여행을 꿈꾸시나요?

요즘 한국 매체에 종종 등장해서 많은 사람들에게 잘 알려진 매력적인 나라 쿠바.

할리우드 영화에서나 볼 법한 번쩍번쩍하는 올드카들이 도로를 채우고, 과거로 돌아온 것만 같은 거리, 'music is my life'를 온몸으로 표현할 수 있는 재즈와 살사가 존재하는 나라, 바로 쿠바이다.

나는 내 여행의 시발점인 〈수능 대신 세계 일주〉라는 책의 저자가 자신이 방문한 여행지 중 베스트를 쿠바라고 하여 그가 느낀 감명을 나 또한 느껴보고 싶어 가보기로 마음먹었다.

그렇게 해서 쿠바에 도착했을 때, 많은 공항을 다녀본 것은 아니지만, 처음 접해보는 이질감과 불안함, 조급함을 한 번에 느낄 수 있었다.

가장 큰 원인은 핸드폰, 인터넷이 터지지 않았기 때문이다. 현재 우리 사회에서 핸드폰이 없는 삶을 사는 사람은 거의 찾기 힘들다. 핸드폰이 없다는 게 얼마나 힘든지 알 수도, 체감할 수도 없는데, 그것이 가능한 게 쿠바다.

간단하게 예를 들면, 우리가 보통 타국에 가면 가장 먼저 하는 게 핸드폰을 통해 내가 예약한 숙소를 확인하고 그곳을 가는 방법을 알아보는 것이다. 하지만 이곳 쿠바에서는 내가 예약한 숙소가 어디에 있는지, 어떻게 가는 건지, 가는 비용은 얼마인지 등 그 어떠한 것도 알아볼 수가 없었다.

그리고 다음으로 소통의 문제. 멕시코나 쿠바나 스페인어가 모국어인 국가여서 소통이 어려웠던 것은 매한가지였지만, 멕시코에서는 언제든 인터넷 사용이 가능하니 번역기를 쓸 수 있었지만, 쿠바는 전혀 아니었다. 내가 스페인어를 모르고 그들이 영어를 모른다면, 정확한 대화를 주고받을 수가 없었고, 그 속에서 정말 많은 오해와 문제들이 발생하기도 했다.

다음은 음식이다. 내가 못 찾은 걸지도 모르지만, 쿠바에서 마트를 찾는 게 여간 어려운 일이 아니었다. 운 좋게 찾았더라도 먹을 만한 음식을 구하기가 정말 어려웠고, 내 숙소가 에어비엔비인 데다 가족들이 살고 있어서 주방을 사용할 수 없었고, 마트에서 음식을 구해도 조리해 먹기 어려웠다.

또한 앞으로 여행할 날이 한참 남았기에 저렴한 음식을 주로 사 먹어왔는데, 내가 봤던 저렴한 음식들은 대부분 빵에 햄 하나, 아니면 채소 몇 가지 등 이 음식들을 하루 종일 먹을 자신이 없었고, 그렇다고 비싼 음식을 사 먹을 수도 없었다.

그 와중에 날 항상 혼돈에 빠트렸던 것은 화폐였다. 쿠바에는 외국인 화폐와 내국인 화폐가 따로 존재했다. 외국인 화폐는 cuc, 내국인 화폐는 cup인데, 1cuc=24cup이고, 1cuc=1dollar 였다.

계산하는 모든 순간에 그들이 하는 말은 알아듣지 못하겠고, 그 와중에 내가 지불하려는 금액이 맞는 금액인지, 호구가 된 것은 아닌지... 아무튼 모든 과정이 내 숨통을 조여왔다.

음식은 입맛에 안 맞고, 온갖 스트레스를 받으며 함께 공감할 사람 하나 없으니, 이 쓸쓸한 3박 4일의 하바나 여행은 하루빨리 벗어나고 싶은 지옥이었다.

#한국인을 사랑하는 마을, 트리니다드

쿠바의 모든 순간이 부정적이진 않았다. 좀 더 빨리 떠나야겠다는 마음으로 비행기 탑승 시간을 앞당겼고, 한순간만이라도 따뜻함을 맛보기 위해 트리니다드라는 마을로 향했다. 놀랍게

잃어버린 꿈을 찾아서

도 그간 한국 매체에 많이 노출되다 보니, 이곳에서는 하바나보다 더 많은 한국인들을 볼 수 있었다.

해질녘에 도착해 부지런히 숙소를 찾아다녔지만, 아무리 찾아봐도 숙소로 보이는 곳이 눈에 띄지 않았다. 결국 와이파이 공원을 찾아 번역기를 통해 스페인어 문장을 만들었다.

"Busco alojamieto. donde puedo conseguirlo?
숙소를 찾고 있습니다. 어디에서 구할 수 있나요?"

물어본 지 10분이 지날 때쯤, 내가 이 사람 저 사람에게 물어보는 걸 옆에서 조용히 듣고 있던 여자가 있었다. 나이가 나와 비슷해 보이던 그녀가 영어를 할 줄 알아 정보를 줬다.

"차메로 몰라요? 거의 모든 한국인들은 거기에서 묵어요.
방이 없을 수도 있으니까, 나 따라와요."

이걸 그냥 따라가도 되나 싶었지만, 안 따라가면 다른 방법이

없으니 그저 졸졸 따라갔다. 차메로 아저씨 집에 도착해 집 안으로 들어갔는데, 내 눈을 의심하지 않을 수 없었다.

우리 집에도 없는 커다란 태극기가 거실 한가운데에 떡하니 놓여있었다. 이층에선 한국말이 들리고, 모든 여행 안내 책자가 한국어로 되어 있어서 이곳은 나에게 충격과 함께 존재만으로 고마웠다. 아쉽게도 차메로 아저씨네 숙소는 이미 예약이 차서, 아저씨 추천으로 근처에 숙소를 잡을 수 있었다.

숙소는 단돈 10쿡, 한국 돈으로 12,000원 정도였다. 에어컨, 넓은 침대, 맛있는 조식, 그리고 넓은 마당에서 놀고 있는 코가 돼지처럼 생긴 귀여운 강아지까지. 모든 게 잘 갖춰져 있던 숙소는 지금껏 쿠바에서의 고생을 한 번에 날려줬다.

정보들을 알아보기 힘들고 쩔쩔매다 결국 호구가 되고 싶지 않다면, 차메로 아저씨한테 물어보는 것도 좋은 방법일지 모른다. 모든 액티비티와 필요한 것들을 아저씨의 전화 한 통이면 해결할 수 있고, 적절한 가격과 친절한 사람들을 소개받을 수 있다.

그렇게 하바나에서 하고 싶었던 것들부터 차근차근 시도해 봤다. 그 첫 번째로 숙소 건너편에 '살사'를 배울 수 있는 곳이 있다고 하여 방문했다.

살면서 춤이라는 걸 연습해서 춰본 게 유치원 장기자랑 이후 처음이어서 그런지 조금 부끄럽고 몸에 작은 떨림이 느껴졌다.

하지만 다행히도 능숙한 살사 선생님의 리드 덕에 한 발짝 한 발짝 옮겨가며 리듬을 느끼는 방법을 배울 수 있었다. 거울에 비친 춤을 추는 내 모습을 처음 마주했을 때는 로봇이 손발을 이동해야 할 위치에 가져다 놓는 느낌이었다.

내가 이렇게 몸치인가 싶어 삐걱삐걱거리다가, 갑자기 술을 좋아하냐며 선생님의 남자친구가 럼콕을 한 잔 건네줬다.

"우리 내일 저녁에 살사 클럽 갈 건데, 이렇게 춤추면 당신과는 아무도 안 춰줘요. 좀 더 느낌 있게 가보자고요."

수업 시간 내내 술을 조금씩 마시다 보니, 몸에 긴장이 풀리고 기분도 좋아져 노래에 좀 더 내 몸을 맡겨 볼 수 있었다.

그렇게 2시간이라는 시간이 지나고, 수업이 끝나 밖으로 나오니 해가 뉘엿뉘엿 져갔다.

이 아름다운 풍경을 벗 삼아 추억 회상을 위해 영상을 남겨야겠다는 생각에, 아무도 없는 숙소 옥상에 올라가 혼자 살사를 추며 구글 드라이브에 고이 모셔놨다.(지금은 도저히 열어볼 자신이 없어 아직까지도 보지 못했다.)

두 번째는 승마체험이었다. 대낮에 길을 걸어 다니다 보면 골목마다 말이 한 마리씩 있는 것을 흔히 볼 수 있었다.

'승마'라는 스포츠가 괜히 돈이 많이 드는 스포츠라는 생각에 시도조차 해 볼 마음이 없었는데, 차메로 아저씨가 "오늘 날씨 좋은데 말 타고 계곡에 갔다 와봐요."라고 하신 말에 꽤나 놀랐다.

정확히는 모르지만, 우리나라에서 승마는 정해진 울타리 안에서 그리 길지 않은 시간만 타고 꽤나 비싼 가격을 내는 걸로 알고 있다.

사극에서나 말을 타고 산을 오르거나 멀리멀리 다닐 수 있다는 생각이었는데, 10쿡이면 대략 5~6시간을 원 없이 탈 수 있다는 말에 흥분을 가라앉힐 수 없었다. 고민하지 않고 바로 가야겠다 마음먹고 가이드 아저씨를 찾아갔는데, 알고 보니 살사 선생님의 남자친구였다. 마침 가이드 옆에 전날 밤 술 마시며 재밌게 놀던 쿠바 친구들도 있어서, 그들도 함께 말을 타고 계곡으로 향했다.

처음 말을 마주한 후 마음에 드는 말을 고르라길래 가장 커 보이는 말을 골랐다. 말을 골랐더니 가이드가 바로 올라타라고 하면서 "말 타는 거 별거 없어요, 그냥 올라타요."라고 말했다. 아무것도 알려주지 않고 이렇게 큰 말에 그냥 올라타라고? 사실 겁이 났지만, 아닌 척하며 억지로 올라탔다.

"간단해. 말 목에 걸려 있는 줄을 네가 원하는 방향으로 틀면 거기로 갈 거야. 멈추고 싶으면 너의 몸쪽으로 깊게 당기고, 달리고 싶으면 뒷발로 엉덩이를 차고 입으로 소리를 내면 돼."

그렇게 떨리는 첫 승마를 시작했지만, 생각보다 무섭거나 어렵지 않았다. 이미 훈련이 잘되어 있는 말이어서 그런지, 딱히 내가 뭘 하지 않아도 알아서 잘 갔다. 시간이 어느 정도 지나니 적응이 되어서 친구들과 대화도 나누고, 길이 쭉 뚫려있으면 시원하게 달려보기도 했다.

2시간 정도 달려 무더위를 날려 줄 계곡에 도착해 다이빙도 하고 맥주도 한잔하며 외국인들과 MT를 온 듯한 기분으로 즐거운 시간을 보냈다. 해가 지기 전까지는 돌아가야 해서, 3시쯤 출발해 쉼 없이 말을 타고 마을로 돌아갔다. 오늘 하루가 너무 달콤했나? 고생길은 이제부터였다.
이미 2시간 동안 말을 타서 엉덩이가 아파오고 있었고, 계곡에서 물놀이를 하고 맥주까지 마셨기에 많이 지쳐있던 몸이었다. 그 몸으로 또다시 말을 타니 컨디션이 점점 최악으로 향했다.

말 위에서 몸살이 난 사람처럼 축 쳐져 있다가, 엉덩이가 너무 아파 엉덩이를 바짝 들면 허벅지가 아파오고... 그에 반해 친구들은 편안하게 가면서 "너 뭐해? 가만히 있으면 안 아파. 너처럼 그러면 안 아플 것도 더 아프겠다."라고 말했다.

그렇게 생난리를 치다 보니 해가 또다시 져물었고, 밤이 되어서야 겨우 도착할 수 있었다.
승마는 두 시간까지가 재밌다... *(끄적끄적)*

#트리니다드의 매력

항상 웃음이 끊이지 않고, 우리의 '돈'이 아닌, 우리를 '여행자'라 생각하고 궁금해하는 그들이 좋았다.
이곳의 주위를 둘러보고 나서야 그럴만한 이유를 알았다. 차보단 말을 타고 다니며 지나가는 마을 사람들에게 매일 같이 인사를 하고, 핸드폰이 안 되니 훨씬 더 많은 대화를 해서 그런지 이웃 간의 관계가 엄청 *끈끈해* 보였다.

말을 타고 20~30분 정도 가면 바닷속이 훤히 보일 정도로 맑은 카리브해가 있고, 저녁이 되면 하바나클럽을 마시며 클럽에서든 자신의 집에서든 노래를 틀고 살사를 춘다.

또한 부지런하면서도 항상 여유를 가지고 있는 분위기를 풍긴다. 음악을 항상 곁에 두고 이웃들과 '정'을 나눈다. 그들은 조그마한 마을에서 행복하게 사는 방법을 알고 있는 듯했다.

나도 이런 삶이 궁금해 시간은 짧지만, 그들을 조금씩 따라 해봤다. 모든 것이 처음이었지만, 마다할 이유가 없었다.

말을 하루종일 탔더니 다른 나라에 가서 말을 탈 기회가 있어도 어려움 없이 마음껏 타고 달릴 수 있게 되었다. 살면서 한 번도 배워본 적이 없는 '살사'를 3일이라는 시간 동안 열심히 배웠더니 살사 클럽에 가서도 꽤나 흥미로운 시간을 보낼 수 있었다. 마지막을 이런 기억들로 채울 수 있어서 행복 가득이었다.

여행 안 해, 한국으로 돌아갈래

원래는 쿠바에서 10일 정도 더 있을 생각이었으나, 생각보다 심심할 것 같아서 바로 출국하기로 마음먹었다. 출국 전 날 비행기 티켓을 예약하려고 했지만, 카드 결제나 항공사 예약 그리고 인터넷까지 뭐 하나 제대로 되지 않아 결국 현장에서 결제하기로 하고 공항으로 향했다.

항상 뭘해도 잘될 거라는 긍정적인 성격이 헤어 나올 수 없는 궁지로 날 몰아넣었다. 이미 구매 가능한 시간이 지나서 현장 결제를 하려면 하바나로 다시 돌아가야 했지만, 현금을 이미 다 써버려서 그것은 불가능했다.

불운의 연속이 이런 건가. 1시간 동안 내 모든 카드와 부모님 카드로 결제를 시도했지만 계속 오류가 떴고, 부탁했던 친구들조차도 결제를 할 수가 없었다. 그렇게 티켓을 구매하는데 2시간이라는 말도 안 되는 시간이 흘렀고, 용상이가 항공사에 전화를 해서 겨우 티켓을 구해줬다.

아침 7시에 트리니다드에서 출발해 새벽 시인 그 시간까지 밥 한 끼 제대로 못 먹고 쉬지도 못한 관계로, 새벽 다섯 시 반 알 람을 맞춘 후, 그대로 공항 구석에서 기절하듯이 잠에 빠졌다.

'이 나라는 마지막까지 호락호락하지 않구나. 그래도 재밌는 이야깃거리가 생겼고 캐나다로 갈 수 있으니 다 괜찮아!'

어쨌든 어려운 문제를 해결해서 나 자신이 대견하다고 여기며 체크인을 기다렸다. 내 차례가 되어 여권을 건네고 짐가방을 올려놨다. 30초가 지나고 1분이 지나도 여권을 돌려주지 않았 고, 갑자기 알아들을 수 없는 스페인어로 전화를 하고 옆 직원 과 심각한 표정으로 얘기를 나누는 것이었다.

왜 이 불안한 예감만큼은 항상 맞아떨어질까? 내 카드가 아닌 다른 사람의 카드로 해서 이 티켓은 발권이 될 수 없는 것이라 고 했다. 이 여행을 떠나기 전에 내 카드가 아닌, 부모님 카드로 자주 티켓을 구매했었는데, 이 무슨 말도 안 되는 상황인가.

자세한 사유나 뭔가를 보여준다면 이해라도 할 텐데, 항공사 직원은 귀찮으니 빨리 가라는 듯한 말투와 표정으로 "당신 카드로 구매한 게 아니라서 안되니까 돌아가세요. 다른 방법은 없어요."라고 퉁명스럽게 말하는 것이었다. 그 말을 듣고 몹시 당황한 나는 그 공항의 와이파이가 가능한 1층과 카운터가 있는 2층을 1시간 반 동안 미친 듯이 뛰어다녔다. 이미 정이 다 떨어져서 더 이상 쿠바에 한순간이라도 머물고 싶지 않았다. 돈을 더 주고서라도 최대한 빠른 시간의 티켓을 구매하기 위해 내 카드번호를 친구들에게 보내 결제를 부탁하고 카운터에 계속 문의를 했다.

매니저를 불러달라는 내 말은 끝끝내 비행기가 떠날 때까지 들어주지 않았고, 친구들의 "결제가 안 된다."라는 연락을 끝으로 내가 탔어야 할 비행기는 내 눈앞에서 사라져버렸다. 티켓을 내 맘대로 구매하지도 못하고 와이파이 카드는 결국 다 써버린 이 현실이 꿈이길 바라며 볼을 얼마나 꼬집었는지 모른다.

그렇게 날이 다시 밝았고, 결국 두 배에 가까운 값을 지불한 끝

이 아름다운 추억도 그 공포를 이기진 못했다.

에 현장에서 티켓을 구매할 수 있었다. 하루종일 공항 이곳저곳을 뛰어다녀서 그런지 공항 직원들의 안쓰러운 눈빛들이 느껴졌고, 내가 항공사 직원들에게 민폐를 끼쳤거나 잘못을 저지른 것 같은 기분으로 오후 1시가 되어서야 쿠바를 떠날 수 있었다.

이때는 무조건 항공사나 공항의 문제라고 생각해 너무 많은 욕을 했지만, 다시 생각해 보면 내 잘못인가? 어쨌든 누군가의 잘못인지 모르겠다. 뭐 이미 떠나왔으니 그게 중요하진 않고, 결국 트리니다드에서의 좋았던 추억은 쿠바를 떠나는 공항에서 묻히고 다시는 가고 싶지 않은 국가가 되어버렸다.

07_ 해피 뉴이어, 뉴욕

퀘벡에서 화이트 크리스마스를 보내고 부랴부랴 뉴욕으로 내려왔다. 물가가 사악하기로 유명하고 새해가 다가와 더욱 정신없을 것 같은 뉴욕에 온 이유는 단 하나, 새해를 타임스퀘어 앞에서 보내기 위해서였다.

볼 드랍(ball drop) : 뉴욕 타임스퀘어에서 새해에 진행하는데, 건물 위에 있는 반짝이는 공이 새해가 되는 순간 43m 아래로 내리는 행사이다.

끊이지 않는 고역

뉴욕을 구석구석 봐가며 여행하고 싶었지만, 현실은 가혹했다. 미리 예약하지 않은 바람에 맨해튼에 있는 호스텔의 하룻밤 숙박비가 100불가량 나왔기에 5일만 지내도 60만 원이었다. 결국 도심지에서 점점 멀어지다 1시간 거리인 뉴저지에 60불짜리 숙소를 겨우 잡았다.

뉴욕의 첫날밤은 여행을 당장 때려치우고 싶은 기분이었다. 퀘벡에서 10시간가량 버스를 타고 넘어왔는데, 버스 안은 지옥 그 자체였다. 어린아이들이 시도 때도 없이 울어대고, 버스 안의 화장실에선 귀를 뜯어버리고 싶은 소리들이 들려왔다. 이어폰을 꽂고 노래를 들으며 이 상황을 어떻게든 외면하며 버텨냈다.

버스터미널에 도착해 핸드폰에 새로 구입한 심카드를 넣었는데, 작동되질 않았다. 직원은 왜 나에게 아무 설명도 해주지 않았는지... 다시 가게를 찾아가니 영업이 끝났는지 셔터가 내려

져 있었다. 인터넷 작동도 안 되고 어찌해야 할지 몰라 우왕좌
왕하다 대학생처럼 보이는 외국인에게 도움을 요청했다.

"심카드를 샀는데 작동이 안 돼요. 인터넷도 없어서 방법을
모르겠는데 도와줄 수 있어요?"

"음, 내가 지금 좀 바쁜데... 줘 봐요, 빨리 해줄게요."

심카드 고객센터를 찾아 전화연결을 해줬지만, 영어로 말해서
잘 알아듣지 못했다. 그 학생이 답답했는지 20분간 한참을 통
화하더니 나에게 말했다.

"뭐, 결제가 안 됐다고 그러네요. 카드 줘봐요."
"이 카드 안된다는데요?"
"...? 나 이것밖에 없는데..."

그 학생은 갑자기 자기 카드를 꺼내더니 대신 결제를 해줬다.
지갑에서 돈을 꺼내 줬더니 내 손을 밀며 "welcome to New

York"이라고 말하며 거절했다.

남자한테 반할 뻔했다. 연락처를 교환하고 언제든 한국에 오면 연락하라는 말을 남기고 난 다시 숙소로 향했다.

숙소까지 1시간 거리인걸 확인하고 나서 물 하나 사들고 지하철을 탔다. 지하철을 타고 버스로 환승해 15분을 걸어 드디어 숙소에 도착했다. 호스트에게 연락했지만, 시간이 이미 밤 12시가 되어 안 받는구나 싶어 체크인 방법을 확인했다. 하지만 아무리 안내문에 적힌 키 박스를 찾으려고 해도 찾을 수가 없었다.

문을 두들겨도 아무도 나오지 않았고 고생길은 멈출 기미가 안 보였다. 호스트는 1시간 동안 그 어떠한 연락도 받지 않고 다음 날이 되어서야 "무슨 소리야! 우리 숙소 맞는데. 모르겠고 환불 못해!" 당당하게 말했다.

일단 피곤하니 아무 숙소에서 자자는 생각에 가까운 곳을 찾아

향했다. 배터리도 예약과 동시에 꺼져 주소를 손에 적어두고
사람들에게 물어가며 겨우 찾을 수 있었다. 퀘벡을 떠난 지 17
시간 만에 뉴욕 숙소에 들어올 수 있었다.
'이 정도 시간이면 대륙도 건넜겠다.'

행복하다는 말을 연신 외치는 날이 얼마나 있을까요?

검색사이트에 볼드랍 후기를 작성하게 되면 공통적으로 하는
말이 있다.

춥다, 힘들다, 배고프다, 지친다, 화장실 가고 싶다.

좋은 위치에서 볼드랍을 보려면 많은 고통이 따른다. 우선 전
날 밤부터 음식이나 물을 마시면 안 된다. 행사장 안으로 들어
가는 순간 화장실을 갈 수 없기 때문에 대부분 전날 밤부터 배
속을 비워둬야 한다. 그리고 일찍 가야 좋은 위치를 잡을 수 있
기에 아침 10시부터 타임스퀘어 앞에서 죽치고 기다려야 한다.
또한 12월의 뉴욕 날씨는 예상할 수가 없다. 비가 왔다가, 눈이

내렸다가, 칼바람이 불었다가 한다. 그래서 몸을 혹사시키는 경우가 허다하기에 옷도 충분히 따뜻하게 입어야 한다.

난 도저히 이걸 해낼 자신이 없었지만, 다른 방법이 없으니 체념한 채 받아들이려 했다. 그때 마침 퀘벡에서 크리스마스 파티를 하는 중에 내가 볼드랍 관람에 대해 걱정하는 걸 보고 친구가 방법 하나를 알려줬다.

"내가 동행들이랑 그 길가에 위치해 있는 레스토랑을 예약해 둬서 나중에 들어가도 돼. 너도 올래?"

그 순간 그는 나의 천사이자 구원자였다. 껴안은 채 고맙다는 말을 술자리가 끝날 때까지 하며 술값도 내줬다. 그렇게 2019년 12월 31일 아침이 밝았고, 친구를 믿고 아침 일찍 뉴욕 관광을 떠났다. 브루클린 브리지에 가 사진도 찍고, 근처 공원도 구경하고, 엠파이어스테이트 빌딩에 올라가 뉴욕 전체를 구경하고, 저녁엔 케이블카를 타고 뉴욕의 야경을 보며 맥주도 마셨다. 재즈 라이브 공연까지 구경하니 밤 9시가 되었다.

할랄을 먹으며 배도 든든히 채우고 안으로 들어가기 시작했다. 타임스퀘어를 기준으로 거리가 통제되어 사람들이 한참 줄을 서있었다. 친구가 따라오라며 예약한 종이를 경찰에게 보여주니 프리패스였다. 10시에 식당을 예약했기에 들어가도 된다는 것이었다. 5차례 정도 바리게이트를 지나니 마지막 바리게이트만 지나면 볼드랍 현장에 도착하는 것이었다.

바로 눈앞에 있으니 방심했던 탓인가, 레스토랑에서 맥주도 마시며 처음 본 사람들과 여행 이야기도 나누고, 새해의 다짐은 뭔지 이런저런 얘기를 나누며 시간을 보내고 있었다.

11시쯤 되자 헤드라이너로 BTS가 와서 공연을 한다는 소식이 들렸다. 한국인이 이곳에서 메인으로 공연을 한다는 게 신기했고, '당연히 봐야지!' 라는 생각에 마지막 게이트를 지나가려는 순간, 경찰관이 막아서며 말했다.

"당신 지금 못 들어가요."
"지금 포화상태예요. ~~~~"

뭐라고 하는지 정확히 못 알아들었지만, 결론은 들어가지 못한다는 것이었다. 역시나 기다렸어야 했나. 잔머리 굴리다 딱 걸린 느낌이었다. 언젠간 보내주겠지 싶어 앞에 있는 편의점에 들어가 한참을 기다렸다. 앉아있는 사람들이 대부분 나랑 비슷한 상황으로 보였다.

망연자실한 상태로 멍때리고 있으니 누군가 툭툭 치며 말을 걸어왔다.

"어떻게 여기 왔어요?"

"새해맞이 하러 왔어요."

"원래는 무슨 일을 하는데요?"

"세계일주 여행하고 있어요."

"오, 그래요. 우린 지금 이곳에 어떤 사람들이 오나 조사하고 인터뷰하러 왔는데요. 시간 괜찮으면 인터뷰할 수 있을까요?"

"아, 나는 저곳에 들어가야 해서 시간이 얼마 없어요."

"얼마 안 걸려요. 이탈리아 잡지에 당신 이야기를 실으려고

해요.”

“오, 콜!”

처음 해보는 인터뷰에 말도 더듬고 영어도 잘 생각이 안 나 허둥댔지만, 매끄러운 진행 덕에 무사히 인터뷰를 마쳤다. 분명 그때 어디 회사라고 나중에 확인해 보라고 했는데, 잊어버렸다. 어쨌든 인터뷰가 무사히 끝나고 나자 그들은 이제 들어가 보겠다고 했다. 지금 경찰이 못 들어가게 한다고 하니 자신들은 허가받고 들어가는 거라 가능하다며 패스 카드를 보여줬다. 순간 이게 마지막 기회일지도 모른다는 생각에, 나랑 친구도 같이 들어가면 안 되겠냐고 물었다.

고개를 갸우뚱하며 “뭐 원하면 따라와요. 그런데 경찰이 막으면 나도 어쩔 수 없어요.” 친구와 나는 그들 뒤에 숨어 차례를 기다렸다. 기자가 경찰에게 패스 카드를 보여주고 나서 지나가라고 하자마자, 자연스럽게 기자의 일행인 척 말을 걸면서 경찰 옆을 지나갔다. 순간 눈이 마주쳤을 때, 제지당할까 봐 숨이 멎는 줄 알았다. 다행히 뒷줄 사람이 경찰에게 말을 걸어 상황을 모면할 수 있었다.

그렇게 무사히 현장으로 들어왔고, 알고 보니 이들이 VIP였기에 통제돼 있는 한적한 길을 우리끼리 걸어갈 수 있던 것이었다. 무한한 감사인사를 건네고 타임스퀘어 맨 앞으로 향했다. 우리가 지나왔던 길로 포스트말론, BTS 등 헤드라이너들이 지나갔다.

타임스퀘어 앞에 도착했을 당시 시간은 밤 11시 30분. 새해까지 30분이 남은 상황이었다. 다들 30분만 지나면 새해가 오고 고생이 끝난다는 생각에 이 시간을 즐기기 바빴다. 노래를 틀고 다 같이 춤을 추거나 모르는 사람과 인사를 나눴다. 누군가는 주섬주섬 샴페인과 잔을 꺼내 들어 주위사람들에게 건네더니 함께 건배를 했다. 짧게 대화하며 각자 어디서 왔고 현재 어떤 기분인지 이야기했다. 그리고 아직 새해가 다가오지 않았지만 '해피 뉴 이어!' 하고 외치며 가볍게 포옹을 했다.

새해가 다가올수록 스피커에선 올해 열광의 도가니로 빠트렸던 노래들이 나왔고, 수만 개의 종이가루가 하늘에서 떨어지

고, 그럴수록 사람들의 목소리는 커져갔다. 드디어 60초가 남았고, 다 같이 카운트다운을 외치기 시작했다.

"TEN, NINE, EIGHT, SEVEN, SIX... THREE, TWO, ONE! HAPPY NEW YEAR!!"

모두가 지난해의 무거운 짐을 털어내듯 방방 뛰기 시작했다. 커플은 진한 포옹과 키스를, 친구들끼리 온 사람들은 모두가 하나로 뭉쳐 활짝 웃으며 ' 해피 뉴 이어! '를 외쳤다. 한 번도 본 적이 없는 사람들이고 앞으로도 볼 일이 없겠지만, 서로의 새해가 행복하기를 기원하기도 했다. 노랫소리가 울려퍼지고 하늘에는 수많은 종이가루가 휘날리는 현장은 그 시간 전 세계에서 가장 많은 사람들이 행복해하는 장소가 되었다.

2019년 희로애락이 교차한 시간들이 뇌리를 스쳐갔지만, 결론은 내 마지막 목적지인 이곳에서 2020년을 맞이했다. 이곳에 있을 수 있음에 모든 것이 감사했고 후회 없던 해로 남길 수 있었다.

08_ 내가 알던 지구가 아니야, 아이슬란드

캘리포니아를 시작으로 3개월간 쉴 틈 없이 웃고 떠들었던 미국대륙을 떠나는 심정은 시원섭섭했다. '이미 충분히 행복한데 굳이 떠날 필요가 있을까?' 하지만 더 이상 돈과 시간을 이곳에 쏟았다간 목적지까지 가지 못할 수도 있다는 불안감에 두 번째 대륙, 유럽으로 향했다.

새로운 대륙에 처음 발을 내딛는 순간은 신기함과 설렘에 의해 마음이 붕 떴다. 분위기며, 음식이며, 사람들은 각 대륙마다 다양한 색깔이 있기에, 기대를 가슴에 한 아름 품고 영국에 입국했다.

하지만 여행 시작 첫날 이곳에서 새롭게 깨달은 것이 있다. 모든 여행이 설레고 즐거울 수만은 없다는 걸. 오전 8시에 입국해 기사단도 보러 가고, 빅벤도 보고, 런던아이까지 보는데 반나절이면 충분했다. 공원 벤치에 누워 잠도 자고, 저녁에는 조깅도 하며 영국이라는 나라에 천천히 스며들어 보려 했지만, 처음부터 마음에 들지 않은 탓인지 여행을 하고자 하는 욕구가 뚝 떨어졌다.

그렇게 숙소에서 하룻밤을 묵고 아침에 일어나 토스트를 먹으며 어디로 이동하면 좋을지 찾아봤다. 입국한 지 하루밖에 안 돼서 최대한 가까운 곳을 알아보다 관심이 간 곳은 다름 아닌 아이슬란드.

아이슬란드=오로라. 오직 오로라를 보기 위해 영국여행 3일 차만에 다시 공항으로 향했다.

겨울왕국 입성

물가가 비싸기로 소문난 아이슬란드인 만큼 어떻게 하면 최소

한의 경비로 추억을 만들 수 있을까 고민하며 정보를 찾아 나섰다. 가보고 싶은 몇 군데를 지도에 찍고 노선을 보니 혼자서 버스를 타고 다닐 수 있는 곳이 아니었다. 가끔 후기에 눈밭을 걸어 다니며 혼자 돌아다니는 사람도 있었지만, 아직 체감조차 못 해본 추위를 견디며 버스를 기다리고 또 걸어 다닐 생각을 하니 정신이 아찔해져 동행을 찾았다.

유랑(유럽 한인 커뮤니티)을 통해 동갑내기 친구들을 만나 차를 빌렸고, 당일에 숙소를 찾아가며 여행을 시작했다. 그렇게 시작된 첫날은 하루가 지나기도 전에 여행을 포기하고 싶게 만들었다. 눈이 상상 이상으로 펑펑 내려 안전운전을 위해 해가 뜨기만을 기다렸지만, 아침 10시가 돼도 해가 뜨질 않았다. 극야현상(낮에도 어둠이 지속되는 현상)으로 12시가 조금 안 돼서야 해가 조금씩 모습을 드러냈다.

숙소에서 나오기 전부터 대설경보에 해는 늦게 뜨고 바람까지 미친 듯이 불어서, 다음 숙소 사이에 있는 공원 하나만 보고 쉬자는 마음에 부랴부랴 출발했다. 도착까지 40분 전쯤이었나,

경험해 보지 않았다면 이 공포는 누구도 쉽사리 공감할 수 없는 일이 발생했다. 차 내부 이외에 내 눈에 보이는 모든 것은 하얀색이었다. 폭풍 같은 바람이 차를 흔들어 대면서 앞으로 달리는 게 느껴지지 않았고, 우리가 지금 태풍 속에 들어왔나 하는 생각이 들 정도였다. 반대편에서 오는 차는 바로 앞에 와서야 불빛이 보일 정도로 아무것도 보이지 않았다.

일행 모두는 어찌해야 할지 몰라 혼란스러워했다.

"이 여행을 계속하는 게 맞아?"

"그럼 그냥 돌아가서 날씨가 진정될 때까지 기다릴까?"

"왔던 이 길을 다시 돌아가자고? 난 그럼 운전 못 해."

"어차피 돌아가는 길이나, 숙소로 가는 길이나 시간도 같고 험난한 것도 같으니까 일단 가자."

그 와중에 아이슬란드 여행 커뮤니티에선 중국인과 프랑스인 차들이 빙판길에 헛돌아 부딪혀 낭떠러지에 떨어졌다고 했다. 우리와 그리 멀지 않은 곳에서 사망사고가 발생했다는 말에 모두가 한마음 한뜻으로 기도했다.

"제발 숙소에 무사히 도착하게 해주세요."

힘들어, 그래서 더 간절해

아이슬란드 날씨는 밀당의 천재였다. 90분을 눈바람으로 마구 패다가 10분간 "이제 한 번 봐라."라고 말하듯 날씨의 악재들이 싹 사라진 것이었다. 하지만 여전히 옷을 6겹을 껴입어도 추위가 옷을 뚫고 몸속에 스며들어 이를 덜덜 떨며 관광을 해야 했지만, 어떻게든 이를 악물고 보게끔 만들었다.

'불과 얼음의 나라 '라는 별명을 가진 만큼 자연의 특이 현상들이 인상깊었다. 온 세상이 눈으로 덮여있었고, 해변엔 다이아몬드처럼 생긴 큰 얼음과 빙하들이 떠 있었다. 또한 아이슬란드의 땅은 화산활동이 활발해서 부글부글 끓어오르는 지열지대가 곳곳에 있었다. 수십 년 전 실제로 폭발한 분화구에선 지금도 연기가 모락모락 나오며 언제든 터질 준비를 하는 것 같았다. 신비하게도 불과 얼음으로 된 것들의 주위에는 뾰족한 나무들과 숲, 산이 둘러싸고 있었다. 지금껏 여러 나라를 여행하며 나름 아름다운 자연을 많이 봤다고 생각하지만, 고요하고, 광활하고, 아름답고 꿈같은 이곳의 자연은 '다른 행성'에 와 있는 기분이었다.

며칠간 자연을 쫓아 구경하니 슬슬 몸이 근질거리기 시작했다. 그러다 일행 중 한 사람이 문득 "스노모빌이라고 스노우 바이크 같은 게 있다는데 한 번 타보면 재밌겠다."라고 말해서 알아보니 가격이 30만 원대로 만만치가 않았다. 안 그래도 비싼 물가에 허덕이는 상황에서 이걸 타는 게 맞을까 싶어 처음에 난 "안 탈 거야. 따라가서 영상만 찍어줄게."라고 했다. 그러나 그곳에 도착했을 때, 직원들이 영화 속에서나 볼법한 멋있는 바이크를 타고 눈밭을 휘젓고 다녔고, 폭주족처럼 노래를 크게 틀고 소리를 지르며 라이딩을 즐기는 걸 보니 통장에 대한 미안함은 온데간데없이 그 자리에서 카드를 긁었다.

흥분이 엑셀을 밟기 전까진 가라앉지 않아 버스에서 뛰쳐나가 점프슈트를 입었다. 우주복처럼 생긴 슈트는 살면서 입어본 옷 중에 가장 두껍고 따뜻했다. 조작법이 어렵지 않다며 바로 친

잃어버린 꿈을 찾아서

구와 2인 1조로 스노모빌에 탑승했다. 처음엔 강사님들이 줄줄이 따라다니며 조작법을 가르쳐주었다. 엑셀을 세게 당길수록 소복이 쌓여있는 눈밭을 빠르게 지나갔고, 그 느낌은 그대로 내 몸과 아드레날린에 전달됐다. 자유시간을 주니 다른 바이크에 타 있던 친구들은 캠프 주변을 미친 듯이 달리며 샤우팅을 멈추지 않았다. 어김없이 칼바람이 슈트를 뚫고 들어왔지만, 흥분이 달군 내 몸을 이기진 못했다. 그렇게 다시는 입을 일 없을 슈트를 입고 우주비행사가 된 듯한 우리는 인생 사진을 찍었고, 그 장면은 캡처된 상태로 내 뇌리에 깊숙이 박혔다. 투어를 마치고 돌아오는 버스에서 문득 '내 아들이 있다면 꼭 뒤에 태우고 질주하고 싶다.' 는 생각이 들었다. 아직 태어나지도 않은 자식과 상상 속에서 헤엄치고 있었다.

신의 선물, 오로라

여행하는 사람이라면 누구나 마음 한구석의 위시리스트 속에 '오로라' 가 있을 것이다. 나도 그랬다. 그렇게 오로라를 보기 위한 여정을 시작했다.

사진을 통해 오로라의 형상만 봤을 뿐, 다른 정보는 갖고 있지 않았다. 아니, 정보가 필요하다는 사실조차 몰랐다. 밤이 되면 자연스럽게 하늘에 오로라가 나타나 춤추고 있을 줄만 알았다.

많은 사람들이 아이슬란드에 와서 '오로라 헌팅'을 하기 시작한다. 오로라가 나타나는 곳의 몇 가지 조건들이 있는데, 첫 번째는 어플을 통해 오로라 지수를 확인할 수 있다. 오로라가 어디쯤을 지나가고 있는지 확인해서 그곳으로 이동하고, 지수가 3~4가 돼야 볼 수 있다고 한다. 두 번째는 별과 마찬가지로 구름과 빛이 없어야 한다.

아이슬란드에 도착해 총 5일간 헌팅을 다녔다. 이곳저곳에서 오로라를 봤다는 제보에 밤새 쉴 새 없이 달렸지만, 없는 경우가 허다했다. 만약 있다고 사진까지 올린다 한들, 육안으로 보이는 게 아닌, 사진에만 담기는 경우도 많았다.

오로라 헌팅으로 인해 잠도 제대로 못 자고 낮에 여행은 여행대로 하니 체력이 말이 아니었다. 결국 출국 전날엔 "마지막 날까지 헌팅하러 갔다가 못 보면 이도저도 아니니까 마음 편히 포기하고 우리끼리 노는 건 어때?"라고 제안하자 모두가 대찬성이었다. 그렇게 오로라는 다음 여행, 아니면 다음 생에 보자고 약속하며 숙소로 향했다.

숙소가 점차 눈에 보이기 시작할 때쯤, 일행 중 한 사람이 소리쳤다.

"저거 오로라 아니야?"
"형, 그만해, 미련 버리자."
"아니 진짜라니까, 봐봐!"
"어디? 없잖아... 구름, 저거?"

맨날 헌팅을 실패하니 헛것이 보이기 시작했다. 우리의 소망으로 있지도 않은 오로라를 만들었다가, 자세히 보니 아니어서 실망한 적이 한두 번이 아니었다. 이번에도 마찬가지겠거니 했지만, 형의 확신에 찬 목소리에 혹시나 하는 마음으로 또다시 하늘을 뚫어져라 쳐다봤다. 그러더니 구름 속에서 희미한 초록

잃어버린 꿈을 찾아서

빛을 보고 다들 월드컵 경기에 골 넣기 직전처럼 "제발! 제발!" 외치기 시작했다. 구름이 다 지나가니 우리 눈앞에 오로라가 선율처럼 부드럽게 춤을 추기 시작했다. 내 머리 위로는 그저 별이 아닌 우주를 연상케 하는 은하수가 펼쳐졌다. 모두들 환호하며 차 밖으로 뛰쳐나갔다. 이 순간을 놓칠 수 없다며 분주히 카메라 세팅을 하고 사진으로 수십 장을 남겼다.

아무리 기다리고 기다리던 오로라지만 추위를 이길 수는 없어 차에서 가만히 보고만 있었다. 우리가 유일하게 조용했던 시간이었다. 오로라가 과학적으로 자연현상일지는 몰라도 그걸 직접 보게 된다면 이 세상에 존재하지 않는 자태에 감탄하며 입이 떡 벌어졌다. 지금껏 헌팅을 해온 시간을 보상받는 기분에 가슴이 벅차오르고, 경이로운 오로라의 춤사위에 표현할 수 없는 감동을 느꼈다. 신비스러운 오로라의 선율에 홀려 어떠한 생각도 들지 않았고, 그 순간만큼은 순수한 영혼으로 돌아갔다. 무엇을 주더라도 아깝지 않고, 힘들다고 불평하지 않게 만드는 영적인 존재였다.

어플에선 오로라가 지나가지도 않았고, 지수도 낮아서 기대가 낮았던 만큼 놀라지 않을 수 없었다. 자연 앞에선 노력으로 되는 것만은 아닌 거 같았다.

말이 길었다. 이 감동을 표현하는 것은 내 능력 밖이다. 그 어떠한 수식어로도 담기지 않는 것, 그것이 오로라다. 그렇게 오로라는 지금도 여전히 가슴속에 간직하고 있다.

09_ 융프라우가 내 발 아래, 스위스

하늘을 날다, 스카이다이빙

살아서 돌아왔다. 알프스산맥, 유럽이 내 발아래에 있었다. 아직까지도 가슴이 뛰고 아드레날린 분비가 멈추지 않는다. 스카이다이빙을 한 것이다. 그것도 스위스에서.

전날로 돌아가 보자. 네덜란드에서 독일을 경유해 스위스로 넘어오는 버스 안이었다. 원래 일정은 스위스에서 융프라우를 보고 동유럽으로 넘어가려고 했다. 아이슬란드에서 물가 폭탄을 맞아 통장이 허덕이고 있어서 비교적 저렴한 동유럽에서 스카이다이빙을 하려고 했다.

그래서 체코에서 사람들이 찍은 스카이다이빙 영상을 하나씩 찾아봤는데, 뭔가 확 와닿지를 않았다. 날씨도 좋고 그들의 표정도 즐거워 보이긴 하는데... 떨어지면서 바라보는 곳들이 내 인생의 마지막일지도 모르는 순간을 보내기엔 아쉬웠다. 또다시 스카이다이빙으로 유명한 스위스 영상을 찾아보게 됐는데, 알프스산맥 봉우리가 보이고 하얀 눈과 초록빛으로 물들은 나무와 땅들이 눈앞에 펼쳐지는 광경은 이미 체험한 듯한 느낌이었다.

체코는 20만 원, 스위스는 60만 원이었다. 스위스에서의 가격이 체코에서 3번은 뛸 수 있는 가격이었지만, 주저할 이유가 없었다. 인생의 마지막이라 생각하고 내가 진심으로 원하는 곳에서 해보겠다고 결심했다.

그렇게 스위스로 돌아오는 버스 안에서 예약을 마쳤다. 인터라켄에 도착해 숙소에 짐을 맡기러 갔다. 체크인 시간까지 한참 남았지만, 양해를 구하고 미리 숙소를 찾아 들어갔다. 호스트에게 가볍게 짐을 맡기고 나가려는 순간이었다.

"바로 나가는 거예요?"

"네, 스카이다이빙 예약이 있어서요."

"아, 안 무서워요?"

"너무 무서운데요."

"... 파이팅 해요. 혹시 모르니 마지막 말이라도 남기고 가요."

호스트가 웃으면서 말했고, 나 또한 그럴 일이 없다는 생각을 했으면서도 그냥 부모님에게 편지를 써보고 싶었다.

"엄마, 나 버킷리스트 깨러 스카이다이빙하러 갔다 올게. 아들이 맨날 위험한 것만 골라서 하니까 겁이 없는 줄 알았지? 사실 무서워서 심장이 미친 듯이 뛰어. 포기하고 자고 싶은데 이미 60만 원을 내버렸어. 미안. 후딱 마치고 전화할게."

버킷리스트가 뭐라고... 가슴이 철렁이는 느낌이 싫어서 바이킹도 타지 않는데, 이걸 안 하고 귀국하면 평생 못 해볼 것 같아서 도전해 보기로 마음먹었다.

인터라켄 역에서 버스를 타고 스카이다이빙 장소까지 이동했다. 가까워질수록 경비행기가 이륙하는 소리가 들리고, 패러글라이딩을 하면서 내려오는 사람들이 보였다.

사람들이 바글바글 모여있었다. 들어보니 전날 기상악화로 취소됐던 사람들이 오늘 예약했다고 한다. 3시간가량 대기시간이 남아 먼저 다이빙복을 입고 간단한 교육을 받았다. 하늘에서 혹시나 내가 해서는 안 되는 행동을 하면 되돌릴 수 없으니 자세히 듣고 있었다. 그때 누군가 쓱 다가왔다.

"걱정하지 마세요. 당신은 그냥 즐겁게 날면 돼요. 당신은 내가 지킬 거예요."

강사가 다가와 경직돼 있는 날 보고 긴장을 풀어주고 싶었나 보다. 든든해 보이는 그를 믿고 나 또한 한시름 놓았다. 이륙 전 마무리로 "사고가 발생해도 책임지지 않습니다.' 라는 문구가 적혀있는 서류에 사인을 하고 경비행기 쪽으로 다가갔다.

손님들 대부분이 경직돼 있어서인지 강사들이 인터뷰한다면서 장난을 걸었다. 아무렇지도 않은 척하고 있었지만, 머릿속이 새하얘져 버벅버벅, 두서없이 아무 말이나 뱉으니 담당 강사가 말을 걸어왔다.

"처음 하늘에서 나는 거 아녜요? 할 말이 그것뿐인가요?"
"아, 몰라요. 그냥 재밌게 뛸래요!"

"아주 좋아요"

중국인, 미국인, 한국인으로 구성된 6명 인원이 탑승하였고, 경비행기는 날아오르기 시작했다. 빙글빙글 도는 동안 스위스의 하늘을 구경했다. 저 멀리 내 숙소가 있는 마을과 알프스가 보이고, 큰 비행기에서 보던 하늘과는 전혀 다른 경비행기만의 바깥세상이 펼쳐졌다.

어느 정도 올라가더니 강사가 자기 앞으로 오라고 손짓했다. 나와 강사는 서로의 버클을 묶어 한 몸이 되었다. 버클을 묶는 지

점에서 뛸 줄 알았는데, 경비행기는 멈출 생각을 하지 않았다.

올라가면 올라갈수록 '말도 안 돼. 더 올라간다고? 어떻게 뛰어!!' 제발 그만 올라가라고 속으로 20번쯤 외쳤나. 강사들이 "누가 먼저 뛸래?" 당연히 아무도 손을 들지 않았다. 그러더니 내 담당 강사가 어깨를 툭툭 쳤다.

"우리가 문에서 제일 가까워요. 무슨 말인지 알지요."

내 대답도 듣기 전에 문부터 확 열었다. 경비행기 프로펠러가 사정없이 돌고 있고 바람은 내 온몸을 스쳐 지나갔다. 이 순간부터 내 의사는 중요하지 않았다.

강사는 뒤로 떨어질 거라며 우리의 시선이 하늘을 보게 몸을 돌렸고, 셋을 세면 뛴다던 그는 "Three, Two, Go!" 하며 뛰어내렸다.
숨이 순간 멎었다. 눈도 질끈 감고 흡!!

강사는 다시 몸을 돌려 땅을 바라보게 했다. 그리고 어깨를 툭 툭 치며 팔을 펴도 된다는 신호를 보냈다. 팔을 펴는 순간, 극도의 공포감는 최고의 환희로 변했다. 내가 하늘을 날고 있다니. 자유의 몸을 얻어 환호와 미소는 멈출 수 없었고, 다신 찍을 수 없는 영상을 위해 카메라를 바라보고 "엄마, 나 날고 있어. 낳아줘서 고맙고, 사랑해!" 왜 그 말이 떠올랐는지 모르지만, 그 순간엔 하고 싶었나 보다.

한참을 내려가 글라이딩을 펴니 주위를 둘러볼 여유가 생겼다. 내가 상상했던 것 이상으로 마을 자체가 평화로웠다. 호수에 고인 물은 투명할 만큼 맑았고, 산과 들판의 색은 더욱 선명하게 나뉘었다. 세계에서 가장 높은 건물에서 봐도 이만큼 생생하게 체감할 수는 없을 것이라는 생각이 들었다.

생각보다 착륙까지의 시간이 짧아 내심 더 날고 싶다는 마음도 있었지만, 여한은 없었다. 영혼이 순수해진 걸까? 싱글벙글 웃으며 하늘을 날았다고 사람들에게 이야기했다. 모두들 만족스러웠는지 방방 뛰며 각자 어땠는지 소감들을 공유했다.

사실 다시 한번 하라고 누가 돈을 내줘도 쉽사리 하지는 못할 듯하다. 하지만 붕 떠 있던 몸이 기억하고, 짜릿했던 흥분의 강도는 뇌리에 깊숙이 박혀있다.

10_ 골 때리는 로컬들, 스페인 & 포르투

K-힙합을 사랑하는 스페인 소녀

바르셀로나 야경을 감상하기 위해 맥주를 들고 벙커(스페인 내전 당시 프랑코군의 전투기 공격으로부터 바르셀로나를 방어하기 위해 만들어졌고, 내전 후에는 야경 명소로 많은 젊은 사람들이 방문한다.)로 올라갔다.

벙커에선 바르셀로나 전체를 볼 수 있고, 가우디 작품이나 해변까지도 보여 남다른 건축물을 자랑하는 이 도시를 구경할 수 있다. 노을이 점점 지기 시작하고 우리도 술기운이 올라올 때, 어디선가 한국말이 들렸다.

"아니, 씨발!"

....?

주위를 둘러봐도 한국인은 없었다. 잘못 들었나 하고 고개를 돌리는 순간, 스페인 소녀가 들고 있는 태블릿에 카카오 캐릭터가 보였다. 그런데 어딘가 이상해 보였다.

라이언(카카오 캐릭터)이 담배를 피우면서 이상한 자세로 누워 있는 모습이 바탕화면에 있었다. 뭔가 싶어 빤히 쳐다보고 있으니 갑자기 그녀는 완벽한 발음으로 말을 걸어왔다.

"왜, 한국말 하는 외국인 처음 봐요?"

"당신 한국말 잘하긴 하는데, 말투가 왜 그래요?"

"parden?"

분명 알아들은 것 같은데 못 알아듣는 척하는 느낌이다.

"농담이에요. 다 알아들었어요. 미안해요."

한국말 하는 외국인에게 공통적으로 하는 질문.

"좋아하는 한국 드라마 있어요? 아니면 아이돌?"
"나 힙합 좋아하는데요? 쇼미더머니"

처음 봤다. 아이돌도, 한국드라마도 아닌 K-힙합이라니. 나도 좋아하지만, 말이 빨라 못 알아듣는 경우가 허다한데, 이 친구는 AOMG의 힙합 레이블을 좋아한단다. 가사도 다 외울 정도로 찐팬이라고.

어쩐지 욕 발음이 너무 찰지다 싶었다. 하필 배워도 쇼미더머니로 배워서 말 끝마다 한국 욕을 하니 기분은 별로였지만, 신기했다. 그 욕들의 의미를 모두 설명해 주니 조금 놀란 듯한 표정이었지만 그것도 잠시뿐, 또 욕을 했다.

그저 장난이 조금 과한 친구로 생각해서 받아주고 놀다 보니, 어떤 면에서 낭랑 18세 그 자체의 모습을 보여 불편했던 마음이 풀렸다.

잃어버린 꿈을 찾아서

겉은 못된 사춘기 학생 같은데, 비둘기가 자기 옆에 앉으니 "내 친구가 되어줄래?" 하는 것이었다. 순수하면서 맑은 모습에 겉바속촉 같은 친구였다.

그녀의 이름은 흐린이었다. 우중충한 날씨가 좋아 지은 이름이 란다.

여행 권태기 극복, 포르투

여행이 길어지니 유명한 건축물을 보든, 입이 떡 벌어질 자연 경관을 보든 강한 자극이 느껴지지 않아 감흥도, 감동도 없었다. 이런 게 여행 권태기일까?

여행하면서 만났던 세계여행자들에게 조언을 구했다.

"맛있는 음식을 먹어도, 아름다운 노을을 봐도, 유명한 뭔가를 봐도 별로 즐겁지가 않아요. 어떻게 해야 할까요? 돈은 돈대로 쓰고 있는데... 솔직히 한국으로 돌아가고 싶어요."

"당신에게는 여행 권태기가 온 것 같네요. 지금 마드리드라고 했지요? 잘됐네요. 일단 포르투로 가서 아무것도 하지 말고 그냥 걸어만 다니세요."

포르투는 대부분의 세계 여행자들이 추천하는 도시였다.

"특별히 봐야 할 건 없어. 그저 에그타르트 먹고, 골목 걸어다니고, 버스킹 구경하고, 와인 마시고... 선셋보러 언덕 올라가는 게 다야. 그런데 거기엔 확실히 있어. 낭만이."

마드리드에서 아침 일찍 넘어오는 바람에 체크인까지 시간이 한참 남았다. 짐만 대충 맡기고 호스텔을 나왔다. 이번만큼은 핸드폰 검색도, 친구 추천도, 현지인에게 묻지도 않기로 했다. 포르투는 지금껏 유럽에서 여행했던 도시 중 가장 작아, 멀리 가더라도 금방 돌아올 수 있을 거라는 생각에 무작정 걷기 시작했다.

걷다 보니 꼭 들어가 보고 싶은 골목을 마주했다. 어디선가 빵

굽는 냄새가 폴폴 풍기고, 사람들이 한두 팀씩 모여있는 곳을 향하니 에그타르트 파는 가게가 눈에 띄었다. 2천 원도 안 되는 값의 에그타르트가 한국에서 비싸게 사 먹었던 웬만한 디저트보다 훨씬 맛있었다. 입 안에 가득 집어넣으니 두 입으로 끝났다. 바삭한 겉부분이 먼저 씹히면서 바사삭 무너지는데, 그 안에 커스타드 크림이 달콤 말랑해서 그대로 한입에 꿀꺽 삼키고 싶은 맛이었다.

빵돌이인 나는 어느새 아침, 점심, 저녁으로 골목 곳곳에 있는 빵집을 둘러보고 나서 어느 빵집이 더 맛있는지 비교하며 먹게 되었다.

그렇게 목적지 없이 헤매다 보니 작은 골목, 광장, 다리, 언덕 어디에선가 거리의 자유로운 영혼들이 버스킹을 하고 있는 소리가 들렸다. 전통 음악부터 각 나라 음악들을 비롯해 가끔은 K-Pop이 들려오기도 했다. 전통 음악뿐만 아니라 다양한 음악들은 그곳에 있는 사람들의 삶에 활기를 불러일으켜 준다는 것을 실감할 수 있었다. 그때를 회상하면 배경은 흐르는 강 뒤에 언덕이 있거나, 건물들이 빼곡히 둘러싸인 곳이었다.

그리고 연주자의 주위를 둘러싸고 있는 관객들은 각자만의 방식으로 노래와 흥겨운 분위기를 즐겼다. 따라 부르기도 하고 춤도 추면서 연주에 방해되지 않는 선에서 기분을 표출하곤 했다. 마침내 연주가 끝나면 모두들 기다렸다는 듯이 박수와 함성을 지르고, 연주자는 만족스러운 얼굴로 마무리 인사를 했다.

작지만 특유의 문양을 가진 소품 숍들이 골목마다 즐비하게 들어서 있었다. 들어가서 가게주인과 가볍게 인사를 한 후 구경을 했다. 그 어떤 주인도 판매를 강요하기보단 편하게 둘러보라며 친절하게 이야기했다.

시간이 흘러 해가 지기 시작하자, 사람들이 도루강 주변으로 모여들었다. 다리 위에서 선셋과 야경을 즐기기도 하고, 다리 아래 파라솔이 설치된 식당에서 식사를 하며 즐거운 저녁시간을 보내기도 했다.
나는 와인 한 병과 빵 몇 개를 들고 모루언덕으로 향했다. 주황

색 노을이 일렁이는 도루강을 바라보며 눈으로만 담기에 아쉬워 해가 지는 과정을 사진에 담았다. 그러는 사이 주변에 사람들이 모이기 시작했고, 연인들이 눈에 띄기 시작했다.

하나같이 다들 감정에 충실해져 눈에서 사랑이 뚝뚝 흘렀고, 무슨 말인지 못 알아들어도 그들의 분위기를 느낄 수 있었다. 버스킹 소리와 새소리, 물소리, 사람들의 행복에 찬이 말소리들까지 합쳐지니 장면이 더욱 생생해졌고, 누군가를 데려와 함께 이곳을 보게 된다면 금방 사랑에 빠질 수 있을 것 같았다.

도시 자체가 낭만적인 이곳을 언제든 연인과 오고 싶은 곳으로 만들고 싶었다. 그래서 며칠 더 여행을 했다간 심심해서 이 도시를 떠나게 될까봐, 기간을 연장하지 않고 이틀 만에 떠났다.

강한 자극이 없어도, 그저 걸어 다니며 사람소리만 들어도 여행이 될 수 있다는 생각에 권태기는 조금씩 사라지기 시작했다.

돌아올게. 손을 잡고.

잃어버린 꿈을 찾아서

잃어버린 꿈을 찾아서

인종차별의 시작

코로나19 팬데믹이 되면서, TV를 통해 한국의 코로나 감염자 숫자가 걷잡을 수 없이 증가하고 있다는 뉴스를 보게 되자, 한국 여행자들은 위축되기 시작했다. 그때 나는 포르투를 여행하고 있었다.

어느 레스토랑에 들어갔더니 화이트, 레드, 로즈, 그린, 그린화이트, 그린레드, 포트와인 등 여러 종류의 와인들이 있었다. 언제 또 포르투에 와서 이런 걸 마셔보겠냐며 조금씩 마셨더니 금방 술에 취해 버렸다. 다 마시고 나니 새벽 2시가 되었고, 동행들과 마지막 인사를 나눈 후, 호스텔 건너편 벤치에 앉아 술에 취한 기분으로 오랜만에 한국의 친구들에게 전화를 걸었다. 한국 친구들에게도 코로나 감염 소식이 들려 서로 조심하자 얘기하고 있을 찰나, 누군가 갑자기 내 앞에 나타났다.

"fucking chinese, corona virus."

해롱해롱한 상태에서 누군가 나에게 욕과 함께 인종차별을 하는 듯한 말을 하며 가운뎃손가락을 치켜드니 속에서 화가 훅 올라왔다. 하지만 이런 친구들은 반응이 격하면 격할수록 더 심해지는 걸 알고 있었다.

"난 한국 사람이고, 코로나가 터진 시점에 난 이미 유럽에 있었어. 나랑 상관없는 얘기니까 지나가던 길 그냥 가."

내 말에는 관심도 없었고, 애당초 그저 나에게 시비를 걸고 싶었는가 보다. 한참을 실랑이하다 더 이상 무례한 행동을 봐줄 수 없어 맞대응하기 시작했다. 화를 내며 그를 밀쳤더니 도망갔다가 다시 돌아와 시비를 걸어왔다. 곧 치고박고 싸울 시점이 됐을 때, 저 멀리서 덩치 큰 유럽 사람들이 다가오고 있었다. 그 녀석의 친구들이었다.

'아, 큰일 났다. 오늘 흠씬 두들겨 맞고 경찰서에 갈 수도 있겠구나!'

아주 못되먹어가지고.

하지만 천만다행이었다. 그들은 "이 친구가 술 먹으면 좀 이렇다. 우리가 두들겨 패서라도 못하게 할 테니 이해해 달라."고 하며 나에게 대신 미안하다고 했고, 그 시간에 그 친구 아버지까지 와서 나에게 사과를 했다. 그 와중에 그 친구는 혼자 비틀거리며 날 놀리기 바빴고, 더 진행하다간 그게 더 추한 모습이 될 것 같아 포기하고 호스텔로 들어갔다.

코로나로 인한 인종차별은 이때부터 시작됐다.

11_ 최악의 시기에 아프리카를 가다, 모로코

나는야 루피, 아프리카 동행 모집

첫 번째 선원. 네덜란드 호스텔에서 윤호 형을 만났다. 2층 방으로 올라가던 중 1층 안내 데스크에서 영어로 소통이 어려워 체크인에 문제가 생긴 사람을 봤다. 머리도 길고, 수염도 나고 옷도 독특한, 누가 봐도 오랜 여행을 떠나온 사람의 행색이었다. 다만 중국 사람이 아니면, 일본 사람이겠거니 싶어 나도 이 사람과 소통할 수 없겠다는 판단에 그냥 지나치려고 했다.

안내 데스크에서 업무를 보고 있는 직원에게 가볍게 인사를 하고 올라가려고 하는데, 그 여행자가 말을 걸어왔다.

"혹시 한국 사람이세요?"

"오, 한국 사람이셨네요."

"뭐 다들 일본 사람으로 알더라고요. 하하"

"죄송해요. 혹시 체크인에 문제가 있나요?"

"전 분명히 예약을 했는데, 무슨 문제가 있는지 체크인이 안된다네요."

"아, 예약만 하고 아직 결제가 안 됐데요."

"감사합니다."

"내일 계획 있으세요?"

"자전거 타고 돌아다닐 계획인데요."

"오, 그럼 저랑 같이 갈래요?"

갑자기 자전거를 같이 탈 친구가 생겼다. 연락처를 교환하고 다음 날 일어나 연락을 하려고 했지만, 문제가 생겼다. 이름이 잘 기억나지 않는 것이다. 여행을 하다 보면 매일 새로운 사람을 만나게 되기 때문에 이름을 외운다는 게 여간 어려운 일이 아니다. 그래서 어느 순간부터는 이름을 물어보고도 기억을 못하는 경우도 생겼는데, 그게 왜 하필 지금 이러는 건지...

결국 라운지로 내려가 30분 정도 기다리다 혼자 자전거 투어를 떠났다. 몇 시간 후 숙소 근처에 있는 자전거 렌탈 숍에 가니 그 형도 자전거를 반납하고 있었다.

"왜 연락 안 주셨어요.""죄송해요. 하도 사람을 많이 만나다 보니 이름을 까먹어서...""아, 그럴 수 있죠. 저도 그래요. 시간 괜찮으면 맥주 한잔할래요?""저 저녁에 스위스로 넘어가는 버스를 타야 해서 터미널로 가야 하는데요.""그럼 그곳에서 한잔해요."

우리는 터미널 근처의 벤치에 앉아 1시간가량 대화를 나눴다. 그 형은 시베리아 열차를 타고 여기까지 온 장기 여행자였고, 다음 예상 루트는 나와 반대의 길이었다.

다양한 사람들을 만나다 보니 조금의 대화로도 알 수 있었다. 이 사람은 나와 잘 통할 거라는걸. 이렇게 헤어지는 게 아쉬워, 만약 시간이 된다면 함께 다른 도시로 여행을 하자고 제안했고, 형은 "네가 부른다면 언제든 갈게. 연락해." 하며 긍정적인 답변을 남겼다.

두 번째 선원. 세비야에서 인지를 만났다. 아프리카는 다른 대륙과 다르게 혼자 가기엔 조금 불안했다. 막연한 두려움에 또다시 유랑으로 동행을 찾아 나섰다.

"모로코 함께 여행하실 분 구합니다."

연락이 왔다. 바르셀로나에서 한인 민박집 스텝으로 지내고 있다는 친구. 모로코에 가고 싶었지만, 혼자 여행하기가 무서워서 기회를 엿보고 있었다며 꼭 같이 가자고 했다. 그렇게 세비야에서 만난 우리 둘은 3일의 시간을 함께 보냈다. 서로의 여행이 어땠는지, 앞으로 뭐 할 건지, 뭐 이런저런 얘기를 다 해 할 말이 떨어질 때쯤이었다.

인지가 갑자기 "이제 모로코에 가면 한국 사람은 거의 볼 수 없을 텐데, 마지막 날이니까 동행 구해서 맥주 한잔할까요?"라고 했다. 그때 직업군인이라는 순찰이 형을 만나게 됐다. 장난기가 많아 자리는 점점 재밌어졌고, 어느새 새벽 2시가 되어 집에 돌아갈 시간이 됐다.

순찰이 형 몰래 인지랑 밖으로 나와 "형한테 같이 가자고 해볼까요?" "같이 가면 너무 좋지요." 사실 바로 다음 날 모로코행 비행기를 타야 해서 별생각 없이 던진 제안이었다.

"음. 그럴까?"

'뭐야. 뭐가 이렇게 쉬워? 우리 아프리카 가자고 하는 건데.'

잃어버린 꿈을 찾아서

우리가 물어봐 놓고도 순찰이 형의 너무 빠른 승낙에 오히려 우리가 당황했다.

"뭐 어때. 너희랑 가면 재밌을 거 같은데?"

윤호 형까지 해서 4명이 모여 미지의 대륙, 아프리카에 첫 도장을 찍기 위해 출발했다.

마음을 단단히 먹어

10일밖에 안 되는 기간이었지만, 한 달처럼 느껴질 만큼 많은 일들이 있었다. 이 기억만큼은 절대 잊지 않겠다며 적어둔 메모장엔 화도, 오글거리는 말도 가득했다.

긍정보단 부정적인 반응이 더 많은 나라 중 하나, 모로코다.

주변에선 "음식이 힘들 거다, 사람을 믿지 말라, 모든 교통수단이 불편할 것이다."라고 했다. 결론은 가는 것을 만류하는 것이었다.

하지만 또 누군가는 그 고생이 오랜 시간이 지나면 미화가 돼 웃으면서 곱씹을 수 있는 좋은 추억이 될 것이라고 했다. 난 긍정에 한 표를 걸고 스페인에서 모인 동행들과 모로코에 입국했다.

사실은 내가 가자고 해서 모인 사람들이라 티를 낼 순 없었지만, 입국 후 이틀이 지나자 후회가 막급했다. 첫날 숙소로 가는 길에서부터 현지인들에 의한 스트레스가 장난이 아니었다.

탕헤르로 가는 길에는 골목이 너무 많아서 지도 앱을 켜고 가도 찾을 수가 없었고, 계속 그 주위를 빙빙 돌다 결국 길을 잃고 헤매게 되었다. 조금 지쳐 계단에 앉아있었는데, 할아버지 한 분이 빵을 먹으며 걸어왔다. 인지가 길을 비켜주기 위해 살짝 옆으로 움직였을 때, 갑자기 할아버지가 자신이 먹던 빵을 뱉더니 인지의 가방 속에 넣는 것이 아닌가. 인지뿐만 아니라 우리 또한 그 말도 안 되는 광경에 경악했다. 뭐 하는 거냐며 항의를 하니, 그 할아버지가 말했다.

"노 잉글리시!"

그러고는 아무렇지도 않은 듯이 가버리는 것이었다. 이런 황당한 일을 처음 겪어봐서 그런지 인지는 분해서 울고 우리는 달래 주느라 정신이 없었다. 그러다 또 누군가 다가왔다. 무슨 일이냐며 옆에 앉으려고 하길래, 경계심이 생겨 뒤로 살짝 물러나 괜찮다고 하면서 그냥 가라고 했다.

하지만 그는 어떻게 알았는지 말을 걸었다.

"길 잃은 거 아니에요?"

"오, 어떻게 알았어요?"

"여기 처음 오면 대부분 길을 잃곤 해요. 어디 가는데요?"
"친구가 00호스텔에 있어서 거기로 가야 해요."

"아, 그래요. 다행이네요. 나는 그곳의 직원이에요. 데려다

줄 테니 따라와요."

의심 없이 그의 뒤를 졸졸 따라갔다. 물건들로 막혀있어 지나갈 수 없는 길인 줄 알았는데, 그는 누가 짐을 내려두고 안 치운 거라고 말했다. 코너 2번만 돌면 되는 가까운 곳이었는데, 우린 찾지 못해 그 주변만 30분을 헤맨 것이었다.

호스텔에 도착하자 직원이 문을 열어주었고, 고맙다는 인사를 건넨 우리는 먼저 와있던 윤호 형과 반가운 인사를 나눴다. 한참 얘기를 하고 있는데, 호스텔 안에 있던 직원이 날 불렀다.

"밖에서 누가 당신을 찾아요."

"그래요. 혹시 이곳 직원분이 아닌가요?"

"처음 보는 사람인데요."

나가 보니 길을 안내했던 사람이 호스텔을 찾아줬으니 돈을 달

라는 것이었다. 100디르함(약 만 원)을 달라길래, 고작 3분 걸었
는데 장난하냐며 못 주겠다고 하니 계속 돈을 달라고 했다. 어
이가 없어 호스텔 문을 닫아버렸지만, 그가 계속 밖에서 시끄
럽게 떠드는 바람에 민폐 손님이 된 기분이라 후딱 나가서 5달
러를 줬다. "환전을 안 해서 디르함이 없어요. 5달러면 충분하
잖아요. 이제 제발 좀 가요."

그제야 그는 조용히 갔고, 우린 숙소를 찾아오는 도중에 두 번
이나 싸운 관계로 기가 빨려 첫날은 숙소에서만 보내게 됐다.

첫날은 다 같이 모이는 날이었기에, 다음 날 바로 쉐프샤우엔
으로 향했다. 우리가 탄 차는 좌석도 딱딱하고 공간도 작아 운
전자까지 총 5명이 타기엔 턱없이 비좁았다. 트렁크도 넓지 않
아 짐도 안고 탔어야 했으니, 3시간 반은 몹시 부대끼는 시간이
되었다.
하지만 첫날 일어난 사건들이 너무 황당해서 그런지, 불편한
차야 돈 없는 여행이니 어쩔 수 없다 생각했고, 이제 우리 네 사
람이 똘똘 뭉쳐 잘 이겨내 보자고 다짐하는 계기가 됐다. 쉐프

샤우엔을 가는 길에서는 차를 거의 볼 수 없었고, 끝없이 보이는 산들과 한층 가까워진 하늘 덕에 가슴이 뻥 뚫리는 마음으로 드라이브를 즐길 수 있었다.

에어비앤비 숙소에 도착해 호스트에게 연락했다. 하, 제발...

10분, 30분, 1시간이 지나도 그는 연락이 되지 않았다. 찾아간 숙소는 가정집이었고, 하필 중심지까지 20분은 걸어가야 해서 무거운 짐을 들고 언덕을 오르락내리락할 자신이 없었다. 짜증은 머리끝까지 났고, 1시간 30분이 지나서야 연락이 됐다.

모든 상황에 몹시 화가 났다. 호스트가 달려와 숙소 문을 열어주었고, 씻은 후 탕헤르에서 가져온 식재료들을 조리해 먹으려고 주방으로 향했지만, 가스가 나오지 않았다. 연락해 보니 오늘은 주방을 사용할 수 없다고 하는 것이었다. 예약하기 전에 주방 사용이 가능하냐고 물어봤고, 사용할 수 있다는 말에 예약한 건데, 오늘 갑자기 가스가 떨어졌다며 다른 집에서 조리할 수 있다고 했다. 남의 집에 가서 조리하는 게 웃겼지만, 허기

짐을 참을 수 없어 신세를 지며 주방을 사용했다. 우리 일행은 밥을 먹자마자 다들 소파에 누워 3시간을 푹 잤다.

한순간도 방심할 수 없고, 완벽히 준비했어도 불편한 상황에 놓이게 되는 모로코 초반 여행은 '다른 나라로 뜨고 싶다.' 이 하나만이 머릿속에 남겨져 있었다.

한국을 사랑하는 모로코 소녀

페즈에서 여행을 하고 있었다. 탕헤르, 쉐프샤우엔을 지나 페즈에 도착할 때쯤 되니, 전 세계 매스컴에선 한국에 대한 코로나 뉴스가 단골 메뉴였다. 중국보다 코로나 감염자가 많다며 떠들썩했고, 멈추지 않고 올라가는 감염자 수와 비례해 거리에서 우릴 비난하는 사람들은 더 늘어났다.

모로코 여행 초반까지만 해도 상점들을 지나갈 때, 우리가 물건을 안 사면 적어도 뒤에서 조롱만 했는데, 이젠 사라는 말도 하지 않고 눈앞에서 욕부터 했다.

"퍽킹 차이나! 퍽킹 코리아! 퍽킹 코로나! 너의 나라로 돌아가."

존재만으로 바이러스가 된 기분이었고, 혹여나 재채기라도 하면 사람들은 멀리 피해버렸다.

이런 상황들이 반복되니 외국인과의 만남은 시도조차 하지 않게 됐다. 그들이 우릴 코로나로 생각한다면, 우린 그들을 인종차별주의자로 생각하게 됐다. 좋은 사람이야 당연히 있겠지만, 그들을 만나면서 함께 맞닥뜨리게 될 못된 놈들까지 만날 바엔 차라리 속 편하게 마음의 문을 닫는 게 낫다는 판단이었다.

식당에서 밥 먹는 것조차 눈치가 보여 장을 후다닥 보고 나서 숙소로 돌아가는 길이었는데, 갑자기 고등학생쯤 돼 보이는 여학생이 다가왔다.

"사진같이 찍어줄 수 있어요? 제가 한국을 너무 사랑해서요. 아, 혹시 괜찮으면 같이 놀래요? 한국인과 한 번이라도 같이 놀아보고 싶었어요."

K-Pop의 열풍이 아프리카까지 온 건가. 어쨌든 여학생의 순수
한 눈빛을 거부할 수가 없었다. 마침 우리도 눈치 보느라 제대
로 보지 못한 곳이 많아 도움이 필요했다. 그렇게 현지 가이드
가 생겨 페즈를 둘러보기 시작했다.

그녀의 이름은 살아였고, 곧 고등학교를 졸업한다고 했다. 우
리나라 10대들보다 한국 아이돌에 대해 더 많이 알고 있었다.
SM엔터테인먼트 소속의 다국적 보이그룹 NCT 멤버의 이름을
말하며 그들의 활동에 대해 신나게 말하는데, 아는 바가 없으
니 공감이 아닌, 호응만 열심히 해주었다.

젊은 여고생과 함께 걸어 다니는 순간부터 우리의 여행은 완전
히 바뀌었다. 득달같이 달려들던 현지인들이 자기 나라 여고생
을 건드리지는 않으니 우리에게도 아무 말을 하지 않았고, 무
시하며 터무니없는 가격을 부르던 상인들과도 정상적인 거래
를 할 수 있었다.

이 친구 한 명 덕분에 근심 걱정 없이 여행을 하다 보니 우리도 자연스레 마음이 풀렸다. 그제야 형식적인 대화가 아닌, 사적인 대화들이 오갔다. 우리가 겪었던 힘들었던 이야기를 얘기해 주면 어떻게 해결해야 하는지 방법을 알려줬고, 그녀가 한국에 가보고 싶다는 곳들을 말할 때는 정보를 알려주며 만약 한국에 온다면 언제든 가이드를 해주겠다고 약속했다.

밤이 다 되었고, 사막으로 가기 30분 전, 그녀는 오랜 친구를 떠나보내듯 아쉬워했다. 버스 정류장까지 데려다준다며 따라 오다가 갑자기 팔찌 5개를 사더니 "이건 내가 주는 우정의 팔찌예요. 당신들이 한 약속 꼭 지켜줘요. 학교만 졸업하면 한국으로 갈게요." 그녀는 버스에 타서 갈 때까지 서있더니 얼마나 아쉬웠는지 눈물을 흘리고 있었다. 갑작스러운 울음에 당황했지만, 그 약속을 꼭 지키겠다며 마지막 메시지를 보내고 헤어졌다. 그리고 실제로 3년 후 살아는 한국을 방문해 우리 일행 중 한 사람을 만났다.

우리나라를 사랑해 줘서 고마워! 한국으로 살러 오겠다는 그 꿈

꼭 이뤘으면 좋겠어!

사하라 사막

사진과 영상을 통해서만 보던 사막. 가보고 싶다는 생각도 해 보지 않았고, 아예 다른 세상으로 여겨온 곳이다. 하지만 어쩌다 버스를 타고 8시간 만에 사막으로 오게 되었다.

낙타의 눈동자는 내 모습이 비칠 만큼 맑았고, 사막에 있는 모래 봉우리 아래로 해가 지는 모습은 강렬했다. 그러한 사막에서 우리가 좋아하는 노래와 사랑하는 친구들과 보낸 우리들만의 시간은 지금도 기억 속에서 반짝인다. 하지만 모두의 심금을 울렸던 사막의 밤하늘이 가장 먼저 떠오른다.

각자 투어별로 낮에 사막을 떠돌다 베이스캠프에 모였다. 모르는 사람들끼리 모여 어색한 공기 속에서 모로코인들의 공연을 감상했다. 공연이 끝날 때쯤 여행을 시작한 계기와 이곳까지 온 이유, 더 나아가 각자의 미래에 대한 이야기를 했다. 다들 여행이 길어졌기 때문인지, 아니면 이 만남이 일회성 만남일 거

잃어버린 꿈을 찾아서

라 생각했는지 자신들의 속마음을 스스럼없이 꺼내며 서로를 응원했다.

밤 11시가 되어 캠프 내 모든 일정이 끝나자 하나 둘 캠프 밖으로 나갔다. 불빛이 환하게 비치던 캠프를 벗어나니 서로의 얼굴도 못 알아볼 정도로 깜깜한 암흑이었다. 그때부터 모두가 말이 줄어들고 하늘만 빤히 쳐다보았다. 경사가 진 모래 언덕에 누우니 고개를 들지 않아도 밤하늘에 빼곡히 박혀있는 별들이 한눈에 들어왔다. 그러다 누군가 별똥별이 지나갔다며 소원을 빌라고 외치자, 모두가 일자로 누워 별똥별 찾기에 나섰다.

"여행이 무사히 끝나게 해주세요. 앞으로 그만 아프게 해주세요. 돈 많이 벌게 해주세요. 애인을 만나게 해주세요."

모습은 볼 수 없지만, 우리 일행 모두는 별똥별을 찾으면 눈을 꼭 감고 소원을 비는 걸 느낄 수 있었다.

나 또한 소원을 빌었다.

"평생 이런 여행하는 삶을 살게 해주세요."

30cm도 안 되는 짧은 꼬리를 남기면서 순식간에 사라져버리는 유성에게 빌었던 소원이 나름 효과가 있었나 보다. 지금도 여행을 하고 있으니까.

사람의 마음은 크게 다르지 않나 보다. 소원 비는 걸 다 마치고 나니 모두가 사색에 빠졌다. 과거와 현재 그리고 미래를 생각하며 마음이 뒤숭숭했던 사람은 눈물을 보였고, 반면 행복함을 느낀 사람은 얼굴에 은은한 미소를 지었다.

12_ 다합민국, 이집트

이집트 길바닥에서 노숙을?

모로코 여행 중에 미리 이집트 내에 있는 숙소를 알아봤다. 외국인과의 접촉은 더 이상 무리라고 판단하여 한인들이 많이 거주하고 있는 곳에 숙소를 잡기로 마음먹었다. 마침 다합이라는 곳이 중국인보다 한국인이 많다고 하여 한국인 셰어하우스를 찾아 나섰다. 오픈 채팅방에서 원하는 숙소를 찾았고, 호스트에게 며칠날 몇 시에 도착한다고 전달했다. 비행기를 타고 이집트에 입국한 나는 버스를 이용하여 다합에 있는 숙소까지 이동했다.

호스트에게 전화를 하고 문자를 보냈다. 하지만 30분이 지나고 1시간이 지나도 답이 돌아오지 않았다. 분명 이때 오겠다고 진즉 연락했는데, 어떻게 전화를 안 받을 수 있냐는 생각에 짜증이 났다. 그러다가 핸드폰에 떠 있는 날짜를 보고 뭔가 잘못됐음을 느꼈다. 24일 도착이라 하고 난 23일 새벽에 도착한 것이다. 명백한 내 잘못이었다. 하지만 이미 새벽 5시이고 길바닥에서 잘 수는 없다는 생각에 조심스레 호스트의 이름을 외쳤다. 당연히 문이 열리는 일은 없었고, 담을 넘어 창문을 두드릴까도 생각했지만, 하필 집이 2층집이었다. 그중 한 집은 다른 사람이 사는 집일 것이라 짐작했지만, 예약한 집을 찾기엔 무리였고, 만약 호스트가 사는 집이어도 이건 너무 무례한 일이라는 생각이 들었다.

결국 갈 곳을 잃어 2시간만 지나면 아침 7시니 누군가는 나올 거라는 생각에, 집 앞 난간에 가방을 베개 삼아 누웠다. 당연히 잠은 오지 않았다. 해가 뉘엿뉘엿 떠오르기 시작할 때 건너편에 있는 누군가가 나를 불렀다.

"당신 거기서 뭐해요?"

"숙소 입주 날짜를 잘못 알아서 하루 전날 오게 되었어요."

"전화를 해봐요."

"당연히 해봤지요. 그리고 누가 이 시간에 전화를 받겠어요."

"저기 한국인들이 사는 그 집에 들어간다는 거지요? 그럼 우리 집으로 들어와요."

"예? 아니 괜찮아요."

"당신 이곳을 쉽게 보는 거 같은데요. 우리 집에서 자고 일찍 나가는 게 좋을걸요."

"그럼 고마워요."

그렇게 이집트에서의 첫날밤은 알지도 못하는 이집트인 집에서 하루를 묵게 됐다. '혹시나 한 침대에서 자는 건 아니겠지?' 하는 불안한 마음을 않고 낯선 집으로 들어왔지만, 다행히 침대는 두 개였다. 호의를 베풀겠다는 사람에게 이런 의심이나 하다니. 집 안으로 들어가자 티와 간단한 다과를 들고 왔다. 배속을 대충 채운 후 씻고 침대에 누웠지만, 잠이 안 올 거 같았다. 평소 잠이 안 오면 양의 숫자를 세는 습관이 있어, 오늘은 50마리를 세도 잠이 안 오겠다 싶었지만, 8마리까지 세고 그 후로는 기억이 없었다.

아주 달콤한 잠을 자고 일어난 나는 깜짝 놀랐다. 이미 12시라니. 침대 옆에 놓여있던 쪽지엔 "난 일 때문에 늦게 들어오니까 푹 쉬고 문만 잘 닫고 나가면 돼요. 자주 봐요."라고 쓰여 있었다.

내가 이렇게까지 경계심이 없다는 걸 깨달은 이집트 입국 첫날이었다.

다합민국

다합은 멕시코에서 만난 재우 형한테 들었다. 세계여행자라면 그곳은 꼭 가봐야 한다고. 꼭 가라니까 이상한 심술로 안 가야지 싶었지만, 여행하면서 항상 아쉬운 점이 있었다. 다이빙을 할 수 없어 세계 여러 지역의 바닷속을 많이 보지 못한 것이다. 지구의 70프로가 바다이며, 인간이 탐사한 비율은 90프로도 안 된다는데, 그 10프로마저 제대로 못 본다니. 이 아쉬움을 벗어던지고자 세계에서 자격증 취득 비용이 가장 저렴하다는 단합으로 향했다.

여행 당시에 쓴 일기를 보니 이런 말이 적혀있다.

"난 물을 좋아하고 바다를 좋아하니 물과 관련된 자격증을 따고 싶었다. 마침 이곳에서 프리다이빙 강사 자격증을 딸 수 있다고 하니 나는 꼭 따야겠다. 그렇게 되면 몇 달을 살아야 할지 모르니 매일 책도 읽고 운동도 하며 건강하게 살아야지."

하하하!!

스쿠버다이빙 자격증을 따고 나서 프리다이빙도 30m까지 들어가 AIDA3를 취득했고, 10m만 더 들어가면 자격증을 딸 수 있다는 생각에 마음이 설레었다. 하지만 강사 자격증은 따지 못했다. 매일 술을 먹고 밤새 놀다 얼굴에 염증이 생기더니 결국 부비동염에 걸려버렸다. 5미터만 들어가도 염증이 생긴 부위가 몹시 아파 결국 포기했다.

이곳 이집트에 사는 한국인들은 대단하다. 보통 대단한 게 아니다. 한인 식품점이 있는 것도 아닌데, 어디선가 묵을 만들고, 두부를 만들고, 막걸리를 만든다. 심지어 소주까지. 재료가 부족하면 타국에서 넘어온다는 사람에게 필요한 식재료를 가져와 달라 부탁하고, 삼겹살이 먹고 싶으면 카이로에서 주문하기도 한다.

색다른 문화도 있었다. 호주 이후로 또 다른 집사람들, 가족이라고 부르는 사람들이 나타났다. 그땐 우리가 특별하다고 생각

잃어버린 꿈을 찾아서

했는데, 이곳에선 모든 셰어하우스 사람들을 그렇게 말한다. 그리고 호스트들끼리 교류를 하며 집사람들을 데리고 서로의 집에 놀러 가기도 한다. 놀러 가서 하는 건 대부분 같다. 초대한 집사람들이 요리를 담당하면 놀러 간 사람들은 술을 바리바리 챙겨들고 간다. 술판이 벌어지고 다양한 술 게임을 하다 단합에 갔다 온 사람들은 대부분 아는 '세계 일주'라는 게임을 한다. 딱히 이름과 연관은 없는 카드 게임인데, 유독 세계여행자들이 많은 도시라 지어진 이름 같다. 그리고 마지막은 다이빙 이야기가 시작되는데, 서로의 영상을 보여주며 피드백을 주고 경험을 나누며 시간 가는 줄 모르고 대화의 꽃을 피워간다.

다들 각자의 집에 대한 애정이 높다. 나 또한 강한 편이었는데, 우리 집 이름은 지금 구글에서도 나온다. '시옷 하우스'. 호스트 이름에 ㅅ이 들어가서 그런 건가, 기억은 안 난다.

이곳은 오직 '여행'이 목적인 사람들이 모인 곳이라 모든 포커스가 노는 것에 집중되어 있다. 어떻게 놀면 특별하고 추억이 진하게 남을까.

바닷가에 산다는 건 매력적이지 않을 수 없다. 매일 아침 해안가를 뛰며 상인들과 인사를 나눈다. 집에 돌아오면 러닝을 하지 않은 사람들이 요리를 하고 있다. 여행을 떠나 이렇게 저렴하게 한식을 매일 먹을 수 있다니. 밥을 먹고 집안일을 대충 하고 있다 보면 다이빙 수업 시간이 된다. 하나 둘 각자 선생님을 찾아가 수업을 받고, 'by the sea'라는 카페에 모인다. 가장 중요한 시간이다. 저녁에 뭐 할까?

놀기 달인들이 모이니 콘텐츠도 다양하다. 선셋을 보며 말을 타기도 하고, 사막 가까이에 가서 별구경을 하기도 하고, 밤낚시를 가기도 한다. 그리고 일정이 끝나면 하루도 빠짐없이 술을 먹는데 지루할 틈이 없는 시간이다. 다양한 술 게임을 해보고, 술에 취한 사람의 얼굴에 낙서를 하거나 못 자게 괴롭힌다. 지금 생각해 보면 그렇게 단순할 수가 없는데 행복했다. 일상이 대학 MT 같았달까.

한국에 돌아와 만나는 사람들의 단골 질문이 있다.

"어디가 가장 좋았어요?"

가장 매력적이었던 나라는 멕시코, 가장 행복했던 도시는 다합
이었다. 여행을 하다 보면 기억에 남는 게 그렇게 거창하지 않
다. 사소한 일들 하나하나가 더욱 기억에 남기 마련인데, 다합
이 그런 곳이었다.

국경이 닫힌다

TV에서는 오직 코로나에 대한 애기밖에 나오지 않았고, 한국
에선 "괜찮냐? 살아있냐?"고 하는 안부 문자가 매일 날아 왔다.
세계 각국에선 해외에서 유입되는 사람들을 막기 위해 공항을
폐쇄하기 시작했다. 나 또한 더 이상 여행은 무리라는 생각에
러시아를 경유하여 한국으로 가는 비행기 티켓을 구입했지만,
국경을 닫아버려 비행기를 타지 못했다. 주변에 있던 사람들도
급하게 귀국하기 시작했고, 급기야 아침에 비행기 티켓을 구입
해 저녁에 떠나는 사람들까지 있었다.

그런 시기가 일주일 정도 지나니 이집트 정부에서 밤 9시 이후 외출금지령을 내렸고, 비행기 티켓은 경유하는 것마저 150만 원을 훌쩍 넘었다. 집사람들은 포기하고 그냥 남겠다는 사람들과 다음 일정을 위해 비싼 값을 치르더라도 돌아가겠다며 티켓을 구입하기 위해 하루 종일 폰을 놓지 못하는 사람들로 나뉘었다.

조금 전 공지해드린 내용 관련 이후 이집트 공보장관은 항공 운항 중단 또한 15일간 추가 연장한다고 밝혔습니다.

이집트 총리 아까 발표한 결정들 아래 와같이 공유 드립니다 (모든 결정 내일부터 적용)

1. 저녁 7시부터 아침 6시까지 통금
2. 모든 공공 교통 수단(지하철, 택시앱, 고버스 등등) 모두 다 저녁 7시부터 아침 6시까지 중단
3. 약국, 작은 슈퍼 마켓과 빵집빼고 모든 음식점, 백화점, 카페와 같은 가계들 저녁 5시부터 아침 6시까지 폐쇄하고 금.토 주말동안 모두 폐쇄.
4. 모든 음식점 배달 서비스만 제공
5. 정부기관 및 시청 사무소 서비스들 모두 다 중단
6. 모든 헬스장과 스포츠 클럽 폐쇄
7. 휴교 15일 더 연장
8. 정부 기관에서 근무자 50% 줄이는 것도 15일 더 연장

이집트 정부발표 문자 메일 공유.

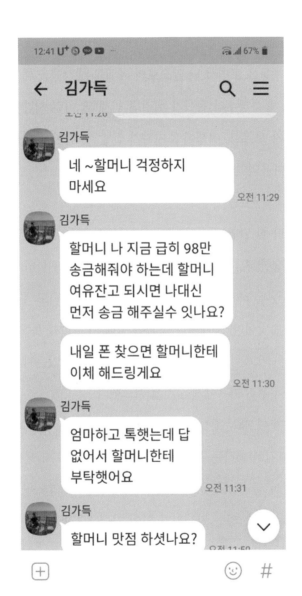

그들의 행동을 보면서 난 앞으로의 계획을 생각했을 때 결심했다. 이렇게 부랴부랴 돌아가 버리면 언제 또 이런 시간과 기회가 있을지 모르고, 여행이 흐지부지 끝날 것 같아 여행을 계속하기로 마음먹었다.

그렇게 딱 한 달만 버텨서 에티오피아에서 차를 렌탈해 남아공까지 여행한 후, 그때 꺼림직한 마음 훌훌 털고 귀국하자는 계획을 세웠다. 하지만 이때 당시는 그 어떠한 계획도 무용지물이었다. 밤낮이 바뀔 때마다 정책이 변해 이 나라를 못 가고, 저 나라를 못 가고... 그 와중에 내 상황을 어떻게 알았는지 보이스 피싱 범이 우리 가족에게 사기를 시도했다.

온 가족이 나 때문에 발을 동동 구르며 살아만 오라고 하는데, 이렇게까지 여행하는 게 무슨 의미가 있나, 너무 내 생각만 하는 것 같아 결국 귀국을 결정했다. 그때 딱 하루 영국을 경유해 한국으로 갈 수 있는 전세기가 있어 거금 300만 원을 내고 한국으로 돌아왔다.

Part 03

여행이 남긴 경험

01_ 집 나가면 개고생이라고?

맞는 말이다. 진짜 개고생이다. 집 나가서 낯선 지역, 낯선 사람들을 만난다면 막막하다. 다시 사람들과 친해져야 하고, 나를 지켜줄 사람도 없고, 뚫을 수 없을 것 같은 벽을 만나게 되면 어떻게 해야 할지 정말 막막하다.

그런데 역으로 생각해 보면 어떨까?

한 번도 보지 못한 사람을 만나고, 스스로 해결책을 찾으려고 할 것이다. 사람마다 다르겠지만, 사람은 위기에 놓이면 발버둥을 치게 된다. 해결이 되든 안 되든 발버둥이라도 쳤다면 실패가 아닌, 과정이 된다. 작년엔 호주에서, 올해는 서울, 그리고 지금은 집이 아예 없다. 매 순간 외롭고 막막했다. 그래도 그 속에서 극복하려는 의지가 강한 덕에, 어디서든 먹고 살 수 있다.

정해져 있는 울타리에서 벗어난다는 것만큼 어려운 게 없다. 울타리 안에선 대부분 알고, 뭐든지 쉽고, 주변에선 친구와 부모님이 지켜준다. 다만 그 속에 있다면 할 수 있는 건 울타리 안, 딱 그 정도였다. 더 이상 새로운 걸 찾지 않는다는 게 얼마나 심심하고 무료한가.

벽을 보고 상상만 하는 게 아닌, 망치라도 두들겨서 이미 구멍을 뚫었다면 멈출 수 없을 것이고, 결국 새로운 것들이 조금씩 나타날 것이다. 여행뿐만이 아닌 울타리 밖으로, 망설일 시간에 눈 딱 감고 질러보자. 생각보다 별거 아니다.

02_ 여행 속 외로움

장기 여행자들의 최대 고민거리 중 하나는 외로움이지 않을까?

혼자 여행을 떠나면 내가 무엇을 선택하든, 갑자기 다음 날 일정을 바꾸든, 무엇을 먹든 내 마음이다. 그렇기에 혼자 여행을 떠나곤 하는데, 오랫동안 혼자 여행을 하다 보면 어느새 외로움이 쌓여서 좋은 걸 봐도 즐겁지 않은 순간이 온다.

꾸준히 새로운 사람들과 함께한다 한들 각자의 일정에 의해 이별과 만남이 반복된다, 일회성 동행이랄까. 그러다 보면 온전히 마음을 터놓고 의지하며 지내기가 쉽지 않고, 서로 간에 '어차피 스쳐 지나갈 사람이니까' 하는 마음을 가지게 되기 때문인지 새로운 만남에 정을 붙이기가 어려워진다. 겉으론 즐거워 보이고 지루할 틈이 없어 보이지만, 정작 여행자의 마음은 공갈빵처럼 텅텅 비어있을지도 모른다.

03_ 가난한 여행

세계일주 여행을 할 때 돈이 많으면 배낭여행이 아니라고 생각했다. 어느 나라를 가든 돈이 많으면 어려운 게 없다. 좋은 좌석은 아닐지라도 항상 직항을 타고 가면, 시간도 절약하고 경유하면서 일어날 수 있는 경우의 수를 차단할 수 있다. 여행한 나라의 유명한 음식을 언제든 맛볼 수 있고, 놀고 싶은 곳에서 얼마든지 즐겁게 시간을 보내며 편안한 숙소에서 다음 일정을 위해 푹 쉴 수 있다.

얼마 전 발리에 갔을 때, 처음으로 돈 걱정을 하지 않고 갔다.(다음 달의 나에게 맡겼다.) 그 전까지는 여행을 하면서 남들이 레스토랑을 가자고 할 때 눈치를 봐야 했고, 그러면 사람들이 내 상황을 눈치채고 밥을 사주었다. 이렇게 고마우면서 미안한 상황이 반복되면 자연스레 모든 걸 그 사람에게 맞추게 되었다. 이번엔 그럴 일이 없었다. 당당히 들어가 돈을 냈고, 내가 하고 싶은 것을 하자고 주장도 하며 3주간 부족함 없이 지냈다. 행복한 시간이었지만, 그저 '행복' 했던 시간으로 끝났다. 특별히 기억에 남거나 삶에 보탬이 되는 조언도 얻지 못했다.

여행을 시작했을 당시 나에게 '여행' 은 무언가를 얻어 가고 빼앗아 먹어야 하는 것이었다. 어떠한 커리어를 쌓아가는 과정도, 기술을 얻는 과정도 아니었기에, 여행을 통해 멘탈을 튼튼하게 다지고 앞으로 내가 무엇을 하고 싶은지 찾아야 했다.

그런 환경을 만들어 주는 것이 '가난한 여행' 이었다.

여행경비가 넉넉한 사람들이 브런치 카페에 들어가 맛있는 걸 사 먹을 때, 나는 헝그리 정신으로 마트에 들어가 우유와 크루아상 빵 하나를 사 먹었다. 그들이 편하게 버스와 기차를 타고 이동할 때, 나는 30kg에 육박하는 가방들을 짊어지고 30분을 걸어 다녔다. 다음 여행을 위해 쉬는 게 아닌, 16인실 호스텔에 서 자며 피로는 밤에도 쌓여갔다.

이 과정들이 인내심을 키우고, 좋은 소비습관을 형성하고, 흔 들리지 않는 정신을 만드는 '진정한 여행'이라고 생각했다.

여행하면서 만나는 배낭여행자들의 이야기와 여행에세이집을 읽어보면, 2,000원밖에 안 하는 버스비를 아끼기 위해 1시간을 걷고, 페이스북이나 카우치 서핑을 통해 낯선 사람의 집에서 묵는 위험하고 무모한 여정을 이어가기도 한다.

가끔은 '그렇게까지 해야 하는 건가?' 하는 의문이 들었지만, 결국은 자기만족이라고 생각한다.

나 또한 적은 돈으로 많은 도시, 많은 나라를 돌아다니며 긴 시 간 동안 여행했다는 것에 스스로를 자랑스러워했고 대견하게 느꼈으니까. 내공이 쌓여가는 느낌이다.

누군가는 돈 없이 하는 여행이 지옥일 수도 있다. 정답은 없지만, 적어도 한 번쯤은 가난한 긴 여행이 일상에 적용돼 모든 게 없고 부족할 때, 자급자족하는 능력과 채워졌을 때의 쾌감이 배가 되는 삶을 느껴보면 좋겠다.

04_ 네 선택이잖아, 적어도 최악은 아니야

부정적인 느낌일지는 몰라도 내게 가장 와닿는 말이다. 모든 선택과 결과에는 아쉬움 또는 후회가 남는다. 다만 이런 감정이 들 때, 두 가지 질문을 던져 본다. 그 당시 최선의 선택이었는가? 현재의 삶에 만족하는가?

자존감이 바닥을 치던 시절이 있었다. 십자인대가 끊어져 대학교 진학을 포기하게 됐고, 그러면서 내 10대의 절반이었던 대학입시 기회를 잃은 것이다. 그때 나는 이제 가진 것도 없고, 미래도 없고, 아무 존재도 아니라는 생각뿐이었다. 그럴 때 성공한 사람들의 이야기를 접하게 되었다.

'그럼 난 왜 저런 생각을 하지 못했을까? 내 최선이 고작 이거였나? 난 못할 거 같은데.'

온갖 부정적인 생각과 경험하지도 않은 내 처참할지도 모르는 미래를 현재의 삶에 대입시켰다. 끊을 수 없는 이 굴레를 벗어나고 싶었다. 그러다 읽던 책에서 위에 언급한 문구를 발견했다. 모든 생각이 단순한 나에게 부정을 긍정으로 변화시키는 문구였다.

모든 일을 현재의 내가 원하는 방향으로 선택했다. 이 선택이 만들어 낸 결과가 아쉬울 수는 있어도, 적어도 내가 정한 선택이기에 후회는 하지 않았다. 최악은 아닌 셈이었다. 어떻게 보면 자기합리화라고 할 수 있지만, 내 정신건강에 이롭고 현실에 대해 긍정적인 생각을 갖게 하는 방법이었다. 현재 돈도 없고 뚜렷한 직업도 없지만, 상상했던 내 미래의 모습은 아닐지언정 지금 이 순간을 행복하게 여기고 고민할 틈 없이 내일을 준비할 수 있는 단순한 해결책이라고 생각했다.

05_ 추억으로 버티는 중입니다만

20대 후반을 바라보고 있다. 이젠 가족을 지킬 수 있는 능력을 갖추고 싶고, 없는 돈 때문에 누군가에게 도움이 되지 못하는 순간이 안타깝다. 여행하느라 미래를 위한 투자가 부족했었고, 이 상태로 30살이 되는 게 불안하면서 하고 싶은 것을 하지 못해 고통스럽지만, 이젠 현실에 맞는 삶을 위해 나를 투자해 가며 살아가고 있다. 답답하고 당장 떠나고 싶다는 생각이 들 때마다 여행하던 사진과 일기를 보며 흐뭇해한다. '세계 각지를 돌던 시절이 있었구나!' 지금의 고통으로 그 행복을 샀다고 생각한다. 그래도 다행인 건 현실에 치여 살아가도 내가 언제 행복한지, 어떻게 살아가는 게 내가 원하는 것인지 정확히 알기에 꾹꾹 참아가며 살아가고 있다. 미래에 어떤 행복이 올지 모르는 상태에서의 치열함은 좌절을 일찍 가져왔을 수도 있다. 감사한 내 추억 덕분에 그날을 회상하고 되찾겠다는 의지로 미래를 그려나간다.

여행 속에서 배운 6가지

나는 나 다운 삶을 살아가면 된다. 남들의 말을 듣기엔 다양한 삶이 있다.

스트레스받는 것에 화를 내지 말자. 어차피 지나갈 스트레스이고, 화를 낸다고 달라지지 않는다.

하고 싶은 일을 하자. 안 하면 후회, 해도 생각대로 안 되면 아쉬울 뿐이다.

현실과 이상을 고민한다면 이상을 택하자. 현실을 바탕으로 이상을 그려나가면 된다.

독립은 꼭 해보자. 아무리 돈이 없어도 굶어 죽지 않고, 부족한
건 어떻게든 채우게 된다.

과거가 있기에 지금의 내가 있다.

이 여정을 밟아온
나 자신이 대견하고,
지금까지 얻은
경험을 잊지 않고
살아갔으면 하는
바람입니다.

미래는 나를 흥분하게 만들어

호주에서 워킹홀리데이를 하고, 세계일주 여행을 하면서 궁극적인 목표가 있었다. 여행의 맛에 취해 뒷일은 생각 안 하고 무작정 떠났던 것처럼, 매일 머릿속을 맴돌아 하지 않으면 미치게 하는 무언가를 찾는 것. 그걸로 미래까지 그려가며 인생을 걸고 싶은 무언가가 절실했다.

미래에 대한 불안감이 없다고 하면 거짓말이다. 특정한 기술도 없고, 돈도 없고, 가진 거라곤 열심히 놀 의지만 있었다. 늘 머릿속에 갖고 있던 생각은 '내가 좋아하는 것을 즐기면서 할 수 있는 일', '여행 같은 삶을 지속하자.' 였다.

그렇게 여행을 마친 후 한국으로 돌아왔지만, 갑자기 돌아오는 바람에 아쉬움이 남아 있었다. 나와 같은 생각을 하는 사람들이 가만히 있을 것 같지 않아 그들의 근황을 살폈다. 그러다 찾은 건 강릉에 있는 어느 서핑 숍이 있었고, 그곳으로 스텝 생활을 하러 갔다.

강원도에 있는 게스트하우스에서 주방 스텝으로 일하게 됐는데, 그곳 사람들은 일어나자마자 해변으로 나가 바다를 보고, 일이 끝나면 다시 바다를 찾았다. 파도를 타는 사람들, 서퍼들이었다. 아침에 모여 커피를 마실 때도, 일하며 쉬는 시간에도, 다 같이 술을 먹으면서도, 밤을 자기 전에 핸드폰으로 보는 것도 모두 서핑이었다. 물놀이도 좋아하는 나 또한 해보고 싶다는 생각은 있었지만, 그저 '재미' 일뿐이라고 생각했었다.

매일 만나는 주위 사람들의 얘기가 서핑뿐이었다. 환경이 날 그렇게 만든 걸까, 어느새 파도를 갈망해 오직 서핑을 위해 해외를 나가고, 평소 TV로 예능 프로만 보던 내가 밤이 되면 서핑 영상만 주야장천 보게 되었다. 바다를 끼고 살아가는 사람들 중에는 조금은 남 눈치 안 보고 '돈' 만이 아닌, 인생을 즐기며 살아가는 사람들이 많았다. 이곳에 산다면 평생 여행이 끝나지 않을 것 같아 바닷가 옆에서 서핑을 하는 서퍼로 살아가게됐다.

지금은 서핑을 위해 바닷가 근처에서 살고 있지만, 이 책을 출간하고 나서 또 어떤 일이 벌어질지 벌써부터 기대가 된다. 새로운 도전의 알 수 없는 미래는 나를 흥분하게 만들기에 충분했고, 언제든 시작할 준비가 되어있다.

출간을 도와준 프로방스 출판사, 이 글을 읽고 있는 독자, '넌 할 수 있는 사람이야'를 외쳐주며 언제든 오뚝이처럼 일어설수 있게 응원해 주는 주변 사람들에게 감사함을 표한다.

마지막으로, 무엇보다 이 여정을 밟아온 나 자신이 대견하고, 지금까지 얻은 경험을 잊지 않고 살아갔으면 하는 바람이다.

저자 **김가득**